万里桥边女校书

周啸天
二〇二〇年杏雨
🀫

四川出版发展公益基金会
资助项目

薛涛

周啸天 著

成都时代出版社
CHENGDU TIMES PRESS

薛濤校書圖

保定韓倚雲寫

《薛濤校书图》 韩倚云 绘

前言

斜阳古柳赵家庄，负鼓盲翁正作场。

死后是非谁管得，满村听说蔡中郎。

——陆游《小舟游近村舍舟步归》

成都两条内河——府河与南河——交汇之处有合江亭，与合江亭隔水相望、紧相依傍着四川大学的望江楼公园，如今是国内竹类品种最为齐全的竹文化公园，也是成都人休闲娱乐的好去处。薛涛井坐落在这里。1986年2月5日，邓小平到成都视察工作之余，曾来望江楼公园一游。他走到薛涛井边，说："这个公园之所以有名气，也恐怕沾了薛涛的光呢。"

园中一副脍炙人口的楹联写道：

古井冷斜阳，问几树枇杷，何处是校书门巷；
大江横曲槛，占一楼烟月，要平分工部草堂。

薛涛在世的时候，在成都的名气比杜甫还大，她的拥趸、崇拜者比杜甫还多。从十五岁花季少女到六十三岁雍容女官，薛涛在成都经历十一任节度使，依次为韦皋、袁滋（未到任）、刘辟、高崇文、武元衡、李夷简、王播、段文昌、杜元颖、郭钊、李德裕、段文昌（二度镇蜀）。铁打的营盘，流水的节度使。濯锦江川流不息，玉垒山一直站在原地。

　　唐代的剑南道（含西、东两川）与吐蕃、南诏接壤，呈三方鼎立之势。经过安史之乱，唐王朝内忧外患：内有藩镇割据、宦官专权，中央集权遭到削弱；外有强大的吐蕃及南诏伺机扩张或掠夺，领土屡被蚕食。元和年间，唐宪宗一度奋发图强，敢与强藩斗争，强化中央集权，创造了"元和中兴"的局面。成都作为西南区域政治、经济、军事、文化中心，从开元五年（717）至唐末（907），一直是剑南、剑南西川①治所。唐玄宗入蜀，成都由"蜀郡"升格为"成都府"。至德二载（757），成都建号南京，与两京（长安、洛阳）同制。成都处于南抚南诏、西御吐蕃最前哨，政治军事地位显赫，历任节度

---

① 　757年，剑南分置剑南东川、剑南西川。——编者注

使出将入相，正史皆有立传。

上下五千年，在宫掖之外获得官职的女性寥寥可数。杨慎《丹铅总录》卷二十一道："女侍中，魏元义妻也；女学士，孔贵嫔也；女校书，唐薛涛也；女进士，宋女郎林妙玉也；女状元，蜀黄崇嘏也。"唐代只提到薛涛一人，"女校书"因此成了薛涛的专称或代称。

薛涛少女时代入幕，未免人微言轻。然而，越到后来，她对蜀中的治乱得失越是了如指掌，对前人治蜀筹边的故事，越加耳熟能详。韦皋本人镇蜀二十一年，其后继任者又多出其幕下，皆属薛涛故旧。因此，后来镇蜀者，无不与薛涛相往还，听取她的意见，薛涛实际上起着咨政及参议的作用。同时，她还是卓有影响、令"纷纷词客多停笔"的扫眉才子，是声名远播的文创产品——薛涛笺的开发者，是西川海棠最早的种植者。故其影响远超历史上一般的女诗人。

薛涛生活的元和时代，是唐诗的"白银时代"。薛涛与元稹、白居易、牛僧孺、令狐楚、裴度、严绶、张籍、杜牧、刘禹锡、吴武陵、张祜等二十来个著名诗人有唱酬的经历，影响非同小可。这一时代在政治上则被称为"元和中兴"，时代的主要矛盾，是藩镇割据和中央集权的矛盾，分裂与反分裂的矛盾。剑南西川发生过刘辟对抗朝廷，高崇文大军平叛，以及南诏攻陷成都等重大历史事件。

薛涛的生平，与这一段波澜壮阔的历史风云相合，而其传记资料仅得寥寥四百字（《唐才子传》），云淡风轻，与其声名极不匹配。然而，薛涛历事的十一任节度使，及与她过从较密的元稹等人，都是正史立传的人物，有这些历史人物扎实的传记资料作为支撑，薛涛的故事是可以建构起来的。

建构薛涛故事，考量有五。第一要讲政治态度，即维护国家统一和民族团结。薛涛入西川幕府，与二把手刘辟应相当熟悉，却丝毫不受其牵连，又有《贼平后上高相公》一诗相佐证，可见她维护中央集权、反对分裂割据的态度鲜明，且一以贯之。故事中对人物的这一方面，予以适度强化是必要的。《资治通鉴·唐纪》载："初，韦皋在西川，开青溪道以通群蛮，使由蜀入贡。又选群蛮子弟聚之成都，教以书数，欲以慰悦羁縻之。业成则去，复以他子弟继之。如是五十年，群蛮子弟学于成都者殆以千数。"这一旨在通过教育帮扶促进民族团结的举措，具有高度的政治智慧，故事中把建议权让渡给薛涛，则是想当然尔。第二是故事要完整，要跌宕起伏。第三是叙述语言力求简洁、流畅。第四，书中涉及从天子到驿卒等形形色色的人物，触及社会生活的方方面面，俾读者感知薛涛生活的那个时代氛围。第五是主人公形象，一曰文化教养，二曰基于社会地位的社会担当，三曰自由灵魂，实千古之奇女子也。

总之，书中薛涛其人是真的，诗是真的，与剑南西川十一任节度使的交往是真的，所涉六十多年历史大事是真的，以"女校书"著称于世是真的，与元稹等大诗人相唱和是真的，开发十色笺文创产品是真的，首植西川海棠是真的，在中国文化史上的影响极为卓著是真的。至于故事情节，则是在通览《薛涛诗集》《旧唐书》《新唐书》《太平广记》《大唐新语》《唐摭言》《本事诗》《北梦琐言》《唐语林》《开元天宝遗事》及元人辛文房《唐才子传》等书籍的基础上编的。虽是编的，却并非一味凿空乱道。

文体性质为故事新编，为传奇演义，为章回小说。书中人物虽有历史人物作为原型，却不等同于历史人物。读者勿以《三国志》的尺子衡量《三国演义》，道理一也。书中个别人物，纯属虚构，则是为叙事的方便。

去年六月间，成都时代出版社的陈谋登门，说该社组织写作一套名人与成都的丛书，关于薛涛这本，阿来推荐找我。我说我是做减法的人，不揽活。如果你要一本纯学术著作，我给你推荐人写。如果你允许有所虚构，我倒愿意一试——这个题目太有挑战性、诱惑性和原创性了。她一口答应道："就由你写。"今年仲春，四川人民出版社的刘姣娇登门，要求写一本关于苏东坡的书，唤作《也无风雨也无晴》，这个也不能推。苏轼一书先成，而薛涛一书费时更多，其间曾赴松潘、三台（唐代梓州）、新津实地考察，三易其稿。书稿之成，给儿子周宁看，他兴致很高，直接动手按时间顺序，梳理了前四回的结构，我亦乐得照单全收。亲友邢小勇、王甜、李明春，责编傅有美，也提过宝贵意见，在此一并致谢。

周啸天

于成都望江楼畔

2023年11月20日

目录

主要人物

薛涛——女，字洪度，唐代诗人，女校书，居成都碧鸡坊，十色笺开发者，西川海棠首植者。卒于公元832年。

薛郧——薛涛之父，卒于公元785年。

韦皋——字城武，公元785至805年为成都尹、剑南西川节度使。蜀人称其"武侯转世"。

刘辟——字太初，韦皋亲信。公元805至806年为成都尹、剑南西川节度使，后叛唐伏诛。

李纯——唐宪宗，公元805至820年在位，在位期间实现了"元和中兴"，唐诗出现二度繁荣的局面。

高崇文——公元806至807年为成都尹、剑南西川节度使。

武元衡——字伯苍，公元807至813年为成都尹、剑南西川节度使。大唐名相。

元稹——字微之，唐代大诗人，《莺莺传》作者。薛涛恋人。与白居易常相唱和，世称"元白"。公元809年曾为监察御史，奉使东川。卒于公元831年。

王播——字明扬，公元818至821年为成都尹、剑南西川节度使。

段文昌——字墨卿，唐开国功臣段志玄的后代，武元衡婿。早年入韦皋幕府，公元821至823、832至835年两度出任成都尹、剑南西川节度使。

杜元颖——公元823至829年为成都尹、剑南西川节度使。蜀中呼其"恶帅"。

李德裕——字文饶，公元830至832年为成都尹、剑南西川节度使。大唐名相。

王嵯颠——南诏权臣。

悉怛谋——吐蕃军官，维州守将，卒于公元831年。

诺舍布——南诏军官，薛涛学生。

妙常——女，姓卢名琼英，道号妙常，青羊观女冠，薛涛闺密。

芝兰——女，九天一都茶楼老板，消息灵通人士。

乌参谋——松州军将，薛涛之友。

小董——青城驿邮童，情报员。

第一回

浣花里武后托梦

青羊观故人重逢

仙居怀圣德，灵庙肃神心。

草合人踪断，尘浓鸟迹深。

流沙丹灶没，关路紫烟沉。

独伤千载后，空余松柏林。

这是唐玄宗李隆基悼念乃祖老子的诗，原本题写在唐代成都青羊肆的一座道观中。这座道观叫作玄中观，又称青羊观，今称青羊宫。由山门而进，观内有三清殿、唐王殿、八卦亭。楼阁庄严华丽，镶着金玉，地面铺着琉璃，擦洗光洁，道两旁有成行的花木。藏经楼中藏有《道德经》竹书。

老子是春秋时代的一位高人，姓李，名耳，字聃，别称老聃，楚国苦县厉乡曲仁里（今河南鹿邑一带）人，曾担任周朝图书档案馆馆长，钻研"道德"，学问高深。老子在周王室首都洛邑（今河南洛阳）住的时间长了，见周朝国运衰败，便萌生退意。一日早起如厕，偏又便秘，整得人头昏眼花，起身长叹一声，随口打油道：

老子怕蹲坑，半天起不来。

起来已成误，错过百花开。

当天便挂了印绶，带了仆童，骑上青牛，直奔函谷关而去。函谷关关令尹喜是老子的"铁粉"，于是热情置酒款待。乘着酒兴，他对老子进言道："先生学高齐天，若不留文字，将与时消没，不闻于世。"见老子只饮酒不接话，尹喜便又敬了一杯酒说："我为先生备百金，就写五千字，如何？"老子眯着眼睛看了他一眼，笑着点了点头。

老子便在函谷关留了三日，著《道德经》五千言。临行时尹喜看着成堆竹简，向老子作揖道："愿为先生弘道。"恳求留下联系方式，老子不肯多写一字，随口便说："你行道千日后，到成都青羊肆寻我。"

后来尹喜是否果然寻过老子，是否果然寻到，无从稽考。但是青羊观的香火一直延续至今。

青羊观以西十余里有浣花溪，大诗人杜甫曾结庐于此，不过那是二十多年前的事情了。贞元元年（785），寒食节的前夜，十五岁少女薛涛在浣花里的家中做了一个梦。梦见云里雾里，来到至高至明之处，日月同辉。忽见一所宫殿，靠山面水，水上架着桥，桥的栏杆上雕着石狮，两廊红泥的墙壁。宫门五进，上有牌匾曰"万象神宫"。两名侍者迎来，皆头顶蝉冠，手执花纹笏，引着薛涛上殿。

殿上两排宫娥，中间两柄宫扇，凤椅上坐着个女帝。薛涛为气势所慑，不由得跪下施礼，女帝却满面慈祥，起身拉她到身边坐下，唤她"婉儿"，似甚亲热。少时朝退，女帝牵着薛涛的手走下殿来，引至一处花园，长桥异石，瑶草奇花，惹得人眼花缭乱。女帝轻轻对她说道："近日成都将降贵人，婉儿俗缘未了，还须处处自重，好自为之。"话音刚落，烟雾升腾，女帝头也不回，径自过桥，竟飘然而去。

薛涛心中有诸多疑问未及讲出，便欲追之，一脚踏出，却不见桥面，直直坠向深渊……坠落中睁眼醒来，一身香汗，心儿突突乱跳。

薛母睡里听女儿一声惊叫，慌忙掌灯，见女儿并无异样，知是梦魇，便款语叮咛道："睡觉手莫放在心口上，会做噩梦的。"薛涛应了一声，再无睡意，睁眼望着黑乎乎的屋梁，回想着梦中情景，女帝的音容仿若就在面前，清晰如斯。

"婉儿……"薛涛嘴里念着这两个字，心想："'贵人'会是谁？"

薛涛字洪度，生在长安，幼年随亲迁居成都，居浣花里。家道虽非大富，倒也殷实。这年按照习俗，女子在十五岁后便可结发，用笄贯之，称作"及笄"，视为成年。如果不是因为父亲新近病故，她的婚事应该就要提上日程了。

节逢寒食。寒食节是从春秋时期传下来的节日。相传晋国公子重耳流亡他国长达十九年，其间大臣介子推始终追随左右、不离不弃。后重耳励精图治成为一代名君晋文公，而介子推不求利禄，带着母亲归隐绵山。晋文公为了迫其出山下令放火烧山，介子推则坚决不出，最终被火焚而死。晋文公感念其志，下令在介子推死难之日禁火寒食，以寄哀思。寒食节这天不生火、吃冷食、祭祀、踏青等习俗也一直流传下来。

同以往的寒食节不同，今年薛涛陪着母亲，带着熟食，到父亲坟上祭拜。"爹爹，这些日来我功课不曾落下，每日晨间的锻炼也没有偷懒。阿娘身体尚好，只是时常会坐着发呆，应是在想你。我们养了条小狗，唤作端端，看家护院什么的做不了，但能陪着阿娘说说话，解解闷……"薛涛从小就有一些稳定情绪的法子，比如转移注意力。母亲在一旁哭，她不愿再增添伤感情绪让母亲难过，便捡了一些家常，在坟前絮叨着说给父亲听。

见母亲哭罢起身，薛涛伸手去扶，不料一下没扶稳，薛母面露痛苦之色，竟是闪了腰。薛涛想到刚才对爹爹讲"阿娘身体尚好"的话，有些懊恼，低声埋怨自己道："说不得，说不得，呸呸呸。"

寒食过后，便是清明。清晨起来，薛涛对着铜镜整理妆容。看到镜中人肤色莹洁，眸子清澈，好像眼睛会说话，眉毛会唱歌，薛涛不由得点了个赞。站起身来，着了青花袄儿、白绫裙子，愈发衬得身材苗条颀长，摇曳婀娜，真个是"清水出芙蓉，天然去雕饰"。

薛母见她收拾得精致，知她要出门，便道："为娘腰疼得发慌，不能相陪于你，注意安全，早去早回，给为娘带几张膏药回来贴。"

薛涛连忙道："阿娘放心，我约了隔壁的迎儿和小翠一起，就到青羊观去逛逛，不会走远，天黑之前必然回来。"

过了琴台路，便是青羊观，只见观门前早已人烟凑集，车马喧阗，小贩做着买卖，游人到处闲逛。青羊观门正对面有一个圆形的小广场，唤作神鸟广场，广场四周由一圈四级石条砌成，百戏正待施呈。唐时戏弄，归教坊乐籍管理，包括杂技、幻术、武打、歌舞、说唱等。单杂技一项就名目繁多，有吞刀、吐火、跳丸、走索等，均为大众娱乐之节目。

青羊观看桃花，是这个时节成都小娘子们的最爱，桃花盛开之时，花香浓郁，蝶舞蜂飞，处处人面。沐浴着春日暖阳，漫步在桃花林中，薛涛和迎儿、小翠初时还矜持着赏花，后来起了兴致，便赌约着找寻最美丽的那朵桃花。然而一朵朵桃花在枝头俏立，一片片粉色的花瓣在微风中轻轻摇曳，哪又分得清楚谁是最美，但她们借着寻花、比花却玩得非常尽兴，时时传来银铃般的笑声。

薛涛跑得热了，便在一株桃树下停住，摸出手绢来擦汗，面色微微泛红，低低颔首，轻轻喘息。一抬头却看见小翠在那里呆呆地看着她，两相对视时，小翠忽然回过神来，连连叫道："我寻到了最美的桃花，我寻到了最美的桃花！"

薛涛明白她的意思，好不害臊，上前两步用手去捂她的口。小翠往后躲时，忽然飞来只蜜蜂，绕着她打转儿。小翠急忙赶，两只手在空中乱挥，那只蜂儿却落在她嘴唇边蜇了一下，这才飞走。小翠惨叫一声，连忙用手捂住嘴。薛涛叫声别忙，掰开她手查看，道："你且忍忍，我先把刺儿拈掉，再找凉水敷敷。"遂尖起指甲，将蜂刺剔掉。小翠感觉嘴唇肿起来，火辣辣生痛，气得跺脚道："都成香肠嘴了，咋个办嘛。"

薛涛忍不住，笑出泪花来，道："叫你嘴巴甜，蜜蜂不蜇你蜇谁！"

小翠连连跺脚道："别人痛得恼火，你还拿别人取笑寻开心，一点儿同情心都没有。我这个样子，咋个见人嘛。"

薛涛绷住了笑，软语安慰道："这不打紧，我来替你装扮一下。"说罢解下一条粉色纱巾，在小翠脖上绕了两圈，正好把鼻子以下部位遮了，夸道："好一个波斯国来的蒙面美女。"

小翠还在说疼。薛涛安慰她道："你不过痛一会儿，一会儿就不痛了。可怜那只蜜蜂，连小命儿都搭上了。"

说罢忽然感觉旁边有很多热辣辣的目光射将过来。顺着最热烈的一道目光寻去，薛涛看到一名女冠（女道士），估摸着十五六岁，留着草髻，包着个帕儿，插着根木簪，身着黄衫儿，三分端丽，七分清纯，直勾勾地看着自己，目光相触也不闪躲。

薛涛觉着奇怪，却压下心中升起的疑虑，对她微微颔首一笑。那女冠见状竟直端端走了过来，唱了个大喏，问道："姑娘可是姓薛？"

这一问，让薛涛突然将眼前这秀丽女冠的模样，与脑海中一个女童的形象重叠了起来。薛涛提高了声调叫道："琼英？"

女冠一把拉住薛涛，惊喜道："真是你啊，我刚才见了便觉得像，但是又生得这般好看，一时没敢相认。"

薛涛见到儿时玩伴，甚是开心，上下打量了一番道："琼英你怎么做了道士？"

女冠道："说来话长，我现在唤作妙常了，就住在这青羊观里。走走走，我带你逛逛去，然后寻一处喝茶，好好说说话儿。"妙常拉着薛涛的手便走，一边问道："你可知我们这观里桃树的来历？"

薛涛回道："不知。"

妙常来了兴致："这些桃树是二十年前，我们观主用一部手抄的《道德经》向灵池县（今成都龙泉驿）的萧县令换来的，厉害吧？"

薛涛捂嘴笑道："这萧县令却是个妙人。我不知他曾用桃树和你们观主换过经书，却知道他用桃树换过杜子美的诗。"

杜子美就是杜甫，二十多年前漂泊到成都时，想到老熟人裴冕在成都做成都尹兼剑南西川节度使，便想送个什么见面礼。身无长物，唯有诗作。于是他便写了一首《鹿头山》送给裴冕，诗曰：

鹿头何亭亭，是日慰饥渴。
连山西南断，俯见千里豁。
游子出京华，剑门不可越。
…………
仗钺非老臣，宣风岂专达。
冀公柱石姿，论道邦国活。
斯人亦何幸，公镇逾岁月。

诗中"老臣""冀公""公"，都是指裴冕，吹捧之意甚浓。裴冕得诗大悦，便在成都西郊的浣花溪边为杜甫划了一块地皮，让他自己修建草堂。裴冕见杜甫入蜀后囊中羞涩，还专门安排了一次宴会，把周边几个县的县令请来，将杜甫介绍给他们。其中有一个叫萧实的县令，其县广种桃树，号称"花县"。杜甫经营草堂，想多植果木，便写了一首七绝，题作《萧八明府实处觅桃栽》，着人给萧县令送去。诗曰：

奉乞桃栽一百根，春前为送浣花村。

河阳县里虽无数，濯锦江边未满园。

晋代河阳县（今河南孟州）有个县令叫潘岳，好植花木，满县栽花，时称"河阳一县花"，杜甫在诗中用了这个典故。萧县令收到了杜甫的亲笔题诗，非常高兴，当年春天就把一百根树苗送到浣花村，同时还派去几个种植专业户，帮杜甫种了满满一园。

妙常大笑道："极是，极是。那杜子美得了桃树后，甚是开心。一次喝高了，就向着我们观主吹嘘此事。观主知道萧县令偏爱道家之言，便着人将一部《道德经》抄卷送去，比子美还多要了二十根桃树苗回来。"

她又说："我们观主本是半个植物学家，懂些秘不示人的果木嫁接之术，所以现在青羊观的桃花开得比草堂的艳丽，桃实也比草堂的香甜。过些日子桃子熟了，我便摘些给你尝尝。"

闲谈中走到青羊观侧门，薛涛指着门外一处三层高的楼问道："这是何楼？"

妙常道："此楼是个茶坊，名为'九天一都'，点心不错，老板娘更是个妙人，楼上还可望见神鸟广场的热闹，是青羊观的一个好去处。"

薛涛道："那我们上去坐坐。"

第二回

顽童唐突夫子庙

玉女情感人之初

故人江海别，萍水聚益州。

欲谈心中事，同上九天楼。

四人上到二楼时，三个小儿正围着一个大些的丫头。只见那丫头将双手的拇指与中指、无名指捏在一起，形成中空，食指与小指张开；然后将右手的食指穿过左手的中空，左手的小指穿过右手的中空；再将右手小指与左手的食指相碰。边做着手势边念着一首儿歌：

王婆婆，在卖茶，三个观音来吃茶。

后花园，三匹马，两个童儿打一打。

王婆婆，骂一骂，隔壁幺姑说闲话。

儿歌的奇趣之处，在于每一根指头都扮演着相关角色。"王婆婆"为穿过左手中空的右手食指，"三个观音"为左手捏拢的三个指头，"三匹马"为右手捏拢的三个指头，"两个童儿"为左手的食指和右手的小指，"隔壁幺姑"则是穿过右手中空的左手小指。念到哪个角色，相应的指头就动一动。

几人一齐笑道："有趣极了。"于是靠窗坐下，要了一壶蒙顶山茶。茶叶是明前新采，煮出来的茶汤清香扑鼻。妙常道："这里最有名的点心是各种米糕，以糯米粉和白糖为主料，辅以绿豆便为绿豆糕，辅以红豆则是红豆糕，若上加芝麻和核桃便成了芝麻核桃糕，俱是清香可口、甜而不腻。"便一样要了一份。

薛涛见粉壁上写着一首咏茶的宝塔诗，署名"元微之"，听说是个神童，不由得凑近了细看，原是：

茶，

香叶，嫩芽。

慕诗客，爱僧家。

碾雕白玉，罗织红纱。

铫煎黄蕊色，碗转曲尘花。

夜后邀陪明月，晨前命对朝霞。

洗尽古今人不倦，将知醉后岂堪夸。

读罢笑道："这个小诗人甚是有趣。"妙常叫上茶。堂倌端来一盘茶具，在几上摆了，全是三件套，迎儿、小翠不曾见过，都瞪大了眼睛。

妙常道："这是个新鲜玩意儿，唤作'盖碗茶'，是十来年前，本地一个崔姓女子的发明。又叫'三才碗'，缘于这个茶盖在上位是天，茶托在下位是地，茶碗居中是人，正是'壶里乾坤大，杯中日月长'。有这个茶托，滚水冲茶，亦不烫手。这套茶具携带方便，非常实用，所以在成都的茶铺渐渐流行开来。"

薛涛道："这个发明好，普通杯子饮茶，啜一口茶难免带几片碎叶，容易破坏饮茶体验。这个茶盖轻轻一拂，茶叶刨到一边，茶汤更加纯粹。动作也很斯文。都是敞口的茶具，清洗起来也特别方便。真是个好发明。"

迎儿拈起一块绿豆糕，轻轻咬下，入口即化的瞬间，一道凉气从口腔中直奔天灵，整个头皮仿佛都清凉开来。她见妙常看着自己笑，便问道："你和洪度是旧识吗？我却从未见过你。"

妙常答道："洪度生在长安，你不知道吧？我和她牵手拉钩时，你还不知在哪里呢。"

迎儿问薛涛属相，薛涛报了年庚（770年生），乃是狗年。迎儿插嘴道："怪不得是个爱狗人士。"薛涛出生的前一年，长安发生过两次地震；出生当年又是杜甫往生之年，这位大诗人病逝于湖南长沙到岳阳的一条船上。薛涛出生那天，渭河涨水百年不遇，城垣被冲垮，泾渭特别分明。父亲薛郧给女儿起名为涛，表字洪度，意思是逢凶化吉，逢涛得度，一生平安。

薛郧是个员外郎，没有实职实权，但他生性豁达，这一点深深影响着薛涛。薛涛幼时曾染上一种呼吸道流行疾病，高烧不退，眼看不行了，幸而遇到一个游方老医生，服了几副草药，居然又挺了过来。薛郧常对薛涛说："你这条命是捡来的。"这句话影响了薛涛的一生，造就了她不可救药的知足主义——捡一条命，得了大便宜，不可以再有贪念了。

大唐自武后革命，改国号为周时起，世风更加开放，女子可以参加各种文娱活动，如骑马、蹴鞠（足球）、舞剑、划船、博弈、秋千、垂钓等等，再没人说女子不如男那样的话儿。让女儿接受文化教育，渐渐成为社会风尚。武后曾选拔神童，留在长安培养。她亲自面试过一个七岁女孩，那是地方推荐，由哥哥送到长安来的。这女孩现场作了一首《送兄》：

别路云初起，离亭叶正飞。

所嗟人异雁，不作一行归。

　　武后十分赞赏，认为比骆宾王七岁时写得更好。骆宾王的《咏鹅》那么幼稚，什么"鹅鹅鹅，曲项向天歌"，分明是儿童诗。而这首诗则写得从从容容，又合法度。

　　武后有个贴身丫头唤作上官婉儿，原是大诗人、宰相上官仪的孙女。只因上官仪坏了事，婉儿便随母亲郑氏没入掖庭。婉儿从小聪慧善文，被武后召见，当面命题作诗，须臾即成，因此甚得武后青睐，被任命为内舍人。婉儿通晓文辞，明习吏事，常代武后草拟诏书。

　　相传其母怀婉儿的时候，做过一个梦。梦见神人授以一杆大秤，道："持此以量天下士。"谁知生下来是个女儿。儿时，母亲逗她："你能称量天下士吗？"婉儿呀呀应声，似表肯定。后来，武后游龙门时，即兴发起诗词大赛，左史东方虬作诗先成，武后赐以锦袍。接着宋之问交卷，婉儿却评定宋之问诗优于东方虬诗。锦袍只有一件，武后竟令东方虬交出来，改赐宋之问。

　　薛涛晚生百年，但从小便对上官婉儿生活的那个时代十分神往，觉得自己也是那个月亮比太阳亮的时代的受益者。她孩提时便极聪慧，一日晚饭后同爹爹散步，见天边月，便说："月亮最喜欢小朋友了。"爹爹问为何，她说："你站着不动。"即便开跑，一边欢呼："月亮跑起来了！"她又站定，叫爹爹跑，指天笑道："月亮不跑。"薛郧大悦，脱口成诗：

> 爷立儿走月即走，儿立爷走月不走。
> 儿太聪明爷太痴，月亮最爱小朋友。

之后薛郧闲暇时便喜欢教她念儿歌，猜谜语。薛涛从小喜欢谜语，喜欢它的智慧，喜欢它的有趣，喜欢它的朗朗上口。

> 一个铜盘，滚过城门。
> 要想去捡，不知多远。

这是太阳。夸父追日，就是要捡这个铜盘——夸父就是个大儿童。

四四方方，百皮白净。

学富五车，笔墨互敬。

这是纸张。爹爹说，仓颉造字之后，祖先最伟大的发明，莫过于纸张和印刷术。今天学习文化知识多么方便，搬家也不用五辆车了，读书也不用韦编三绝了。

当时长安有四大姓氏地位最为显赫：清河崔氏、范阳卢氏、陇西李氏和荥阳郑氏。唐玄宗时，荥阳郑氏出了个人物，叫郑虔。开元年间，郑虔把当时民间流传之事收集起来，著书八十余篇。有人看过书稿后上书告他私撰国史，郑虔得到消息，赶紧把书稿烧掉，但仍然为此获罪，被贬十年。

郑虔还京后，玄宗爱其才，便专开一个广文馆，任命郑虔为博士，让他带学生。当时广文馆的学生都是修进士业的贵族子弟，一时间影响很大。但郑虔死后，广文馆后继无人，经过安史之乱，到肃宗皇帝至德年间便荒废掉了。

后来有个姓崔的驸马爷，收购了广文馆的老旧家具及"广文"牌匾，再重新加以装修，兴了个义学，专供本家后生及亲友子弟来此求学，人称广文书塾。薛郧当时在长安因故失职，一日在坊间见到广文书塾"延聘教席，年俸百石"的招聘广告，条件有三：年高，德劭，饱学。便去应聘。崔驸马亲自面试，薛郧三条俱备，即获录用，做了义学的老师，也是崔家住家的家庭教师。

义学里十来个学生中，只有一个女生，是崔家外甥女，姓卢，名琼英，天资聪慧，因形只影单，时常郁悒。薛郧便对驸马说，让薛涛入塾与琼英做伴，驸马欣然应允。薛涛比琼英只小一岁，见面自熟，形同姊妹。

忆及此处，薛涛突然笑道："你记得我们怎么要好的吗？"

妙常道："你自己说。"

薛涛对迎儿两个说："有个男生拉了我的头发，她一拳揍在他鼻子上，居然把他揍哭了。"

妙常又说："你还问我，世间女人，为何非要找男的结婚不可呢，记得吗？"

薛涛笑，只不回她。

妙常放低声音，又说："记得不，我们俩还拉过钩呢？"

薛涛抿嘴一笑，岔开话去："那个姓元的同学有没有消息呢？"

妙常回道："元稹一直失联，没有下落。那个刘辟现在却来了成都。"

元稹和刘辟都是当年广文书塾的学生。

元家祖上曾出过一个宰相，也算名门。元稹幼年丧父，跟着长兄，长兄与崔家交好，便也将他送来书塾。元稹生得斯斯文文，长相清秀，身材挺拔，只是腼腆些，略有女儿之态。薛涛和琼英抓子儿时，他爱站在一边看，很有兴趣的样子，只是不说话。刘辟则是崔府远戚的孩子，天分不低，却是顽皮赖骨，三天不打，就要上房揭瓦的，是书塾中的孩子头。

薛涛来书塾之后，回回张榜，都是琼英领头。薛涛因是陪读，名字不上榜，却显然成绩更好。这让刘辟很是不忿，寻思终有一天寻着机会，要好好收拾这两个人。

一日，薛郧到书肆办事，令刘辟维持书塾秩序。刘辟见老师一走，便吆喝那帮男生道："走，去文庙那边比试，这回看谁占得榜头。"又挑衅般望了琼英和薛涛一眼，便带着一帮男孩一窝蜂朝文庙那边去了。琼英不知他们去文庙比试什么，本不欲去，终又按捺不住好奇，便拉着薛涛跟了过去。

出了书塾通往文庙的侧门，远远看见那些男生对着墙站成一排，仰面朝天，含胸挺腹，做着好奇怪的姿势。正待前去看个明白，一个男生突然从旁闪出，张开双臂拦住二女去向，却是元檩。琼英恼道："做甚？"

元檩忙说："别过去，他们在比尿尿呢，看谁尿得过墙去！"

琼英闻言，脸上挂不住，跌足道："站着尿尿是畜生！"

元檩一愣，心想"你怎么连我也骂进去了"，便道："你莫要一竹竿打翻一船人。我且问你，蹲着尿尿算什么？"

琼英一时语塞，薛涛却在旁脑筋急转弯，接过话去："蹲着尿尿是书生！"

元檩见薛涛反应这般快，便喃喃道："我说不过你两个。"

正在这时，薛老师从书肆回来，经过侧门时把刘辟几个逮了个正着。薛老师一手揪住刘辟的耳朵，揪得他哎哟连天的，几个男生缩头缩脑，紧紧跟在后边。进得教室，在后边列成一排，罚站。薛老师坐在讲台旁，桌上一杯茶水，一把戒尺，不慌不忙地一个一个叫到跟前来，让他们如实交代，交代完毕，各打二十手心。男生们一个个被打得龇牙咧嘴，还不能叫唤。薛老师一边打，一边申斥："我若不打，你们一个二个将来要翻天的！"

薛老师打得口渴，开始喝茶，随手取出架子上那本雕版印刷在麻纸上的《论语》，翻了一页，交给刘辟，让他领着读书："背得溜时，饶你们回家。"没想那刘辟往书上看了眼，脸色古怪，大声诵道："阳货欲见孔子……"

薛老师刚呷进嘴的满口茶水，噗的一声全喷了出来，便见斜光照处，闪现道彩虹。薛老师强忍住笑，道："羞死先人，羞死先人。尔等各自回家，把功课温熟，明日再来背吧。"那几个学生个个心中狂喜，腿脚不软了，手心也不疼了。路上七嘴八舌，讨论老师方才的突然开恩不知是何道理。

薛郧教书，见琼英爱与薛涛说话，便把薛涛调开，与元稹做了同桌。元稹不爱说话，却趁老师不注意，偷偷用手指在桌子中间画了一下，只作有一条看不见的分界线，每每薛涛手臂过了界，他就用手肘轻触，示意不要越界。薛涛后来不越界了，他又忍不住经常偷偷瞄向薛涛那边，也不知是看本子还是看什么。

仲春二月的一个上午，天色晴明，薛涛在书塾后园，手扶着一棵桃树，等琼英，总也不来。这时元稹却走了过来。平时对撞对过，两人并不怎么打招呼的，今儿元稹见她一个人站在那里，竟脱口问了一句："你也在这里吗？"薛涛点点头，表示"是的"，却没有出声。元稹也不作声，二人在那里保持着距离呆呆地站着，都不肯走。忽然听到琼英唤薛涛的声音，元稹马上走了开去。

不久之后，元稹的兄长要去朔方节度幕府任掌书记，元稹必须转学跟哥哥走。走前，趁着没人，他走到薛涛跟前，递过书包说："把你的书包给我吧。"薛涛不想他会说这个，不知如何回应，仓促中看了一眼他的书包，质量还好，便鬼使神差地接了过来，任由他拿了自己的书包离去。

此时薛涛不过七岁，不及情窦初开的年纪。不过元稹同学因为换书包这个小动作，却成了薛涛一辈子的牵挂。

大历十二年（777），薛郧举家迁往成都。

第三回

咏古桐诗语成谶

居成都草堂得邻

故人重逢叙旧，正说得高兴，突然传来一阵震动的声音，桌上的茶杯、茶托都不住地晃动起来，茶托、茶盖磕碰出叮叮当当的响声。迎儿、小翠赶紧站起身来，准备走。四座的客人，都议论纷纷。这时堂倌走来，请大家镇定，说："隔壁包间有几个吐蕃来的客商，喝高兴了，在那边跳踢踏舞。楼板咋个受得住呢？刚才和他们交涉好了，都还依教。"

　　大家松了口气，互换了一下眼色。妙常突然问薛涛："你家当时为何搬走？"

　　薛涛回忆道："记得是爹爹说长安米贵，价涨得太过出奇，有个伯伯从成都来，说起成都府学待遇比广文书塾要强很多，物价还低。于是爹爹便带着我和阿娘搬来了成都。"

　　秦灭巴蜀，推行郡县制，在原巴蜀地区设置巴郡和蜀郡。大唐贞观元年（627）设剑南道，治所在成都。

成都境内无山，东北有浅岗小阜。府河、南河抱城而流，下至华阳。成都土地沃美，交通便利，市人习尚奢侈，斗巧争妍，而文质彬彬，冠于全蜀。然颖秀有余，刚毅不足。华阳地狭而腴，人勤耕作，故民皆殷实，致富者众。

大唐开元年间设置剑南节度使，总领三川（剑南东川、剑南西川、山南西道）。后分设剑南西川节度使和剑南东川节度使，治所分别设在成都和梓州（今四川三台）。剑南辖境相当于今西南云贵川大部分地区，加甘肃文县一带，是将相周转之地，非其余方镇可比。

成都物产丰饶，是长江流域上游最繁华的工商业城市，织锦业、造纸业居全国之首。安史之乱后，经济中心南移，成都的经济地位甚至超过长安、洛阳两京，仅次于长江中下游地区的扬州，世称"扬一益二"。

安史之乱爆发时，杨国忠力主皇帝巡幸成都。潼关失守后，唐玄宗及随行的大队人马，通过蜀道，到达成都。这不仅使得成都的政治地位空前提高，也让蜀道的交通状况得到改善。又逢关中闹饥荒，加上蜀地富庶的美誉在外，从而形成了一股秦地人士向蜀中移民的潮流，时称"蓉漂"。

唐玄宗幸蜀是唐代历史上的一件大事，成都置府设尹，待遇"准两京"，给成都带来了发展机遇，成都政治经济文化地位也得到很大提升。因此，成都府也称南京。李太白《上皇（指玄宗）西巡南京歌》云：

九天开出一成都，万户千门入画图。
草树云山如锦绣，秦川得及此间无？

另一个大名鼎鼎的"蓉漂"，是杜甫。因为动乱，杜甫在华州（今陕西渭南华州区一带）司功参军任上领不到薪水，而一大家人要吃饭，于是只得弃官跑到秦州（今甘肃天水），希望找一块地皮，修几间草房，定居下来。有诗为证："满目悲生事，因人作远游。""何时一茅屋，送老白云边。"（《秦州杂诗》）

不想秦州虽然有侄儿杜佐、故人赞公和尚，他们却都掏不出钱来赞助。杜甫又正好接到同谷（今甘肃成县）县宰的一封信，于是就去同谷，梦想在同谷构筑草堂："食蕨不愿余，茅茨眼中见。"（《积草岭》）然而，故人又调走了。于是杜甫一咬牙，决定率领全家到成都去。因为有一帮亲戚，如舅父崔明府、表弟王司马等，还有一帮厚禄故人，如裴冕、高适等，都在成都或成都附近。

乾元二年（759）冬天，杜甫一家人不远万里，终于来到成都，后在亲友及大小官员的帮助下，实现了修建草堂的梦想。

大历十二年（777）夏天，薛涛在入蜀的路上，听爹爹讲起这段大诗人"蓉漂"的故事，便问爹爹，谁给杜甫地呢？爹爹说，裴使君呀。谁给他钱呢？王司马呀。谁给他树苗呢？萧实明府呀。谁给他竹子呢？韦续明府呀。谁给他碗呢？韦班少府呀。为什么要给他呢？他诗写得好呀。薛涛说，爹爹了不起，没有不知道的。

听女儿夸赞，薛郧兴致便高了起来，于是讲解起杜甫刚到成都时写的《成都府》一诗："成都是个好地方，虽然在冬季，高门紧闭，关不住的是笙歌，正是'曾城填华屋，季冬树木苍。喧然名都会，吹箫间笙簧'。成都是音乐之都啊！只是太安逸了，从战区来的人，心情调整不过来，适应不了啊，所以：'我行山川异，忽在天一方。''信美无与适，侧身望川梁。鸟雀夜各归，中原杳茫茫。初月出不高，众星尚争光。自古有羁旅，我何苦哀伤。'这才叫诗啊！孩子你年纪还小，慢慢玩味吧。"

薛郧进成都府学担任经学博士之后，发现成都的生源，比长安好，成都的文化氛围，比长安浓。

薛郧有个习惯，就是客来先种花，院坝的空地摆满了盆花。他不种名贵花草，种的全是好养的品种。他说，养花心情好。没事搬搬弄弄，这边瞧瞧，那边看看，看到茎秆上冒花苞，就特别有成就感。

薛郧在成都有几个朋友，都是从长安过来的，闲暇之日，常聚在一起茶叙。谈天说地，慷慨激昂，每及于国事。说到河北三镇及淄青等地，藩镇割据，拥兵自重，对抗朝廷，导致连年动乱，百姓不得安宁时，无不咬牙切齿，痛心疾首。

薛郧说："广德元年（763），史朝义既诛，河北诸将皆降，安史之乱平定。然仆固怀恩奏留降将分帅河北，这个头带坏了。"

薛涛虽然年幼，但每每看到父亲他们如此这般，心中便留下了深刻的印象。

大历十三年（778）夏天，薛涛八岁。

一日，薛郧和府学二三助教在院坝乘凉。一阵凉风吹过，吹得梧桐叶沙沙作响，薛郧一时兴起，念出两句："庭除一古桐，耸干入云中。"便打住，丢下一句话道："你们接着。"别人还没反应过来，薛涛已脱口念出两句："枝迎南北鸟，叶送往来风。"

有两个助教一齐拍手。一个说："太好了，人事有代谢，往来成古今；人生一世，不过送往迎来罢了。"另一个则打趣道："小姐将来一定到礼宾司工作。"说得薛郧哈哈大笑。

那人又正经道："小姐将来一定是个诗人。"

薛涛问："怎样才能算个诗人？"

薛郧说："一个人会写几句诗并不难，难的是诗句挂在别人嘴上。只要有一句两句挂在别人尤其是后人嘴上，那就算得真正的诗人。拿女子来说，南朝谢家女子咏雪，冒出一句'未若柳絮因风起'，这个就对了。临川王刘义庆将其载入《世说新语·言语》，真个是一句顶一万句。后来形容一个女子有才，就说是有'咏絮才'，都成典故了。"

薛涛问："爹爹算得上诗人吗？"

薛郧道："爹爹算不上，你爹有个老同学叫刘方平，他也有一首咏雪诗，出手不凡，诗是这样的：'飞雪带春风，徘徊乱绕空。君看似花处，偏在洛城东。'才写出来，就传开了，他算得诗人。他的好诗多了去了。爹爹的老同学中，文的要数他，武的要数李良器（李晟），他们各有成就。你爹算是碌碌无为。方今时代好，女子也能成才，你就好好学吧，将来爹爹或许能盼到你出名。"

薛涛问："当代有女诗人吗？"薛郧道："怎么没有？李季兰就是一个。六岁能咏蔷薇，把她爹惊一大跳。她的《八至》，'至近至远东西，至深至浅清溪。至高至明日月，至亲至疏夫妻'，上官婉儿写不出来。不过这诗你现在还不甚懂。"

薛郧常便衣乘车马，去大慈寺逛文物古籍商店。其中最爱光顾的一家散花书肆，出售"六经""四史"、进士行卷、各色抄本，也收购一些古籍。一日，薛郧见书肆贴出告示，急聘选书鉴宝先生一名，可以兼职，佣金从优。薛郧当即动心，面见掌柜。掌柜知道薛郧有学问，便将其请进里间，让座看茶，然后拿出若干抄本行卷，请其鉴别真伪。

薛郧展开一个诗卷，署名李太白，上书七言歌行一首，题名《惜鳟空》。薛郧览毕，呷一口茶，慢慢咽了，从容说道："诗是李太白的，字却不是。李诗本名《将进酒》，此卷文字出入甚多。一处是'君不见床头明镜悲白发，朝如青丝暮成雪'，'床头'本作'高堂'，改得不妙；另一处'天生吾徒有俊才，千金散尽还复来'，'吾徒有俊才'本作'我材必有用'，改得押韵了，却不须押韵；第三处是'古来圣贤皆死尽，惟有饮者留其名'，'皆死尽'本作'皆寂寞'，更是点金成铁，乃属妄人抄诗时的恶搞，浅薄无聊之至。"

掌柜问如何是好，薛郧说，趁早卖掉。于是登即录用，每逢旬休之日，薛郧即往书肆鉴宝。

薛郧每去一次大慈寺，就带些抄卷及水果回来，一面与家人吃着水果，一面把玩、欣赏那些抄卷。用毕小心收藏进箱笼、竹筐，整整齐齐堆放在室内两面夹墙和巷道里。这个巷道，就成了薛涛少女时代的阅览室。在这里，她发现了一份必读书目，以为指南，于是先秦诸子、楚辞汉赋，以及《诗经》《易传》《左传》《国语》《史记》《汉书》《说文解字》《昭明文选》《玉台新咏》《世说新语》《初学记》等，无所不读。每读一卷，即予摘抄。

闺中又设几案，兼习前辈钟绍京《灵飞经》小楷。钟绍京是武则天时代的著名书法家，当时明堂门额、九鼎之铭，及诸宫殿门榜，皆出其手。小楷《灵飞经》是他的代表作之一。薛涛认为，李太白自诩"五岁诵六甲，十岁观百家"，其实是容易做到的。

听到这里，妙常忽然端起点心盘，递了一圈，道："不要光坐着，边听边吃哦。"又问："薛老身体可还好？"

薛涛本欲拿点心，听到此话便缩回了手，看着妙常，幽幽叹息道："世界上最爱我的那个男人走了。"

妙常刚咬了一口红豆糕，不及咀嚼，一时吞也不是，吐也不是，望着薛涛，不知如何安慰她才好。薛涛又接起断线的话题，继续讲。

初到成都的几年，薛家的日子过得滋润，这样的日子过一辈子都不会厌倦。然而，在薛涛十四岁那年，却发生了一场变故。

唐时剑南西川乃边防重地，肩负着大唐对吐蕃、南诏的防务。天宝十载（751）四月，杨国忠为迎合唐玄宗好大喜功之心，兼欲培植个人势力，令鲜于仲通征讨南诏，结果大败而归。杨国忠继续募兵击之。募兵时，百姓畏惧云南瘴疠，不敢应募，杨国忠即遣御史分道抓捕壮丁，还用连枷将壮丁们铐在一起，一路押送至军所充当新兵。队伍开拔时，新兵无不愁怨，父母妻子送之，哭声震野。杜甫曾写《兵车行》记其事。

安史之乱后，为了安边，重新与南诏修好，成都府除派能工巧医赴南诏外，还有"支教"任务，即由府学派人下南诏，教化其贵族子弟。任务下到府学，教授、助教面面相觑，都不愿前往。而薛郧则认为"支教"是和睦民族的一件好事，仁智所乐，是个美差，故欣然自领，及期前往南诏。却不幸感染瘟疫，做了牺牲。

失去了顶梁柱，薛家的好日子便到了头，孀妇弱女，相依为命。有道是："寡妇门前是非多。"先是有几个街坊无赖子弟，常来屋前屋后骚扰。一次薛涛正在沐浴，却听到有人伪声咳嗽。赶紧穿了衣裳，唤上母亲，到屋后察看，虽并无一人，却见粉壁灰墙上有个穿眼，可以直视屋内。薛母吓得不轻，不知如何是好，薛涛却很有主张，当即到贼曹（派出所）报案，又请了工人将粉壁补好，并在篱笆墙上织满荆棘，种上蜇人的荨麻。

薛郧亡故后，家中留了些银子，却是有出无进。薛母经人撺掇，便向外放贷，取些利钱，以为生计。一日，薛母记起一个姓莫的阉匠借了十五两银子，拖欠时间长了，本利该还二十两，便上门讨要。殊不知那姓莫的没钱还，遂起歹心，只说跟他取钱，将薛母骗到僻静之处，掏出一根绳子，要取薛母性命，幸而被两个路人撞破。姓莫的张皇逃窜回家收拾活什，亡命天涯去了。

却没想这两个路人偏是一对泼皮父子，不要薛母的酬谢银子，定要倒插门，一个霸占妈妈，一个霸占女儿。如若不然，扬言依旧要勒死薛母。薛涛见母亲害怕，便自到府学寻父亲以前的领导，府学祭酒（校长）程鹏。程校长是个血性之人，听薛涛说得可怜，怒火中烧，挺身而出，说动官府将那对父子传上公堂，赏银十两奖其见义勇为，又各杖一百罚其无赖。此事传开，都以为薛家母女官府有人，母女俩方才得了些许安生的日子。

程鹏校长过去就听说薛郧的女儿博闻强记，擅书诗，此次见她年纪虽不大却很有主张，又怜薛家母女命薄，就欲招薛涛入府学做助教。适逢西川节度幕府招人，便推荐她入幕，从事文秘工作。

第四回

韦城武坐镇蜀地

王大娘炫技成都

茶楼叙旧再次中断，来了一个十二三岁的小姑娘，虽无十分容貌，倒也楚楚可怜，一手拿串拍板，一手用竹竿牵着个盲人老头。盲人老头背着一把胡琴，手里拿着个瓷碗。原来是卖唱的。二人走近时，薛涛早已从身上掏出散碎的银子，轻放在盲人碗里，道："钱收着，唱就不用了。对不住，我们正开会呢。"

目送卖唱的去了，妙常拉起薛涛的手，道："洪度，再有人欺负你，便来寻我，我自有道理。"又问："那你现在已经入幕？"

薛涛说："还不曾去得，说是府主张延赏大人刚刚离任，新府主才到，未得相招。"

身后传来一个磁性的声音，道："妹妹可知道新府主是何人？"

薛涛回身看时，只见一个三十许妇人立在身后，粉色齐胸的襦衣，细细的脖颈，浅浅的乳沟，桃花睁开明媚眼，东风摇摆好腰肢，竟映照得整个二楼满室春光。

妙常笑着对薛涛说："这便是我刚刚给你讲的九天一都老板娘，芝兰姐姐。我们这成都府没有她不知道的人和事，如果有，那也算不得新闻了。"

薛涛站起来向芝兰行了个礼，说："愿听姐姐细讲。"

芝兰却不坐，也不正眼瞧人，说道："有人亲眼瞧见过邸报，说接替张延赏大人的，竟是当今红极一时的贵人韦皋，表字城武。"

听到"贵人"二字，薛涛心中咯噔了一下，想起前夜的梦。旁边一桌原有两个男子在摆龙门阵，闲聊着莺儿酒量好，燕儿歌声美。听这边提到韦城武，一人突然接话："老板娘，那我且问你，你可知道张延赏、韦城武两位大人，是何关系？"

芝兰笑道："你姓段的书呆子都知道，老娘还不知吗？"她口似悬河，撮要如下：

韦皋是个传奇人物。据说刚出生一个月，韦家做满月酒时，有个相貌丑陋的胡僧不请自来。见了婴儿，便逗道："好久不见，别来无恙？"婴儿竟朝他诡异一笑。韦父惊诧，便问胡僧缘由。胡僧却说："你们不懂。"韦父一再追问，胡僧才丢下一句："此儿乃诸葛武侯转世，将来要造福蜀地的。"说罢扬长而去。韦家人面面相觑，不敢全信，也不敢不信。遂让婴儿以"武"为字，字"城武"。

韦皋年轻时贫寒，漫游江夏时，专程拜会姜使君，做了姜家的馆客，与使君之子荆宝成了好朋友。荆宝有个丫鬟叫玉箫，经常被荆宝派去侍奉城武，一来二去，两人玩起暧昧。后来韦皋离开姜家时，当着荆宝面，送给玉箫一枚玉指环作为信物，许诺少则五载，多则七年，定回江夏迎娶。谁知七年过了，不见人影，玉箫竟然茶饭不思，相思成疾，恹恹而死。

却说韦皋离开江夏后日日奔波，夜夜晏眠。一夜，忽然梦见玉箫形容憔悴，脸带泪痕。醒来印象犹深，只道玉箫不耐孤寂，故以梦魂追随，因成《忆玉箫》。诗曰：

黄雀衔来已数春，别时留解赠佳人。

长江不见鱼书至，为遣相思梦入秦。

后来，韦皋入了张延赏的幕府做事。张延赏有女，小字娇娜，爱若掌上明珠。女年及笄，欲求东床快婿，请人求签，签上写着"九九八十一"。张延赏便大宴宾客，摆了九张圆桌，每张坐九人，全是青年男子。他看得花了眼，拿不定主意，只得请出夫人。张夫人是选曹郎苗晋卿之女，别的不说，选人却是家学。她挨桌敬酒一巡，便将张公拉出门外，只说某桌、某号。张公拿过名签一看，上书"韦皋"二字。拆字先生说，"皋"上头是"百字少一"，正合"九九"，下头"本"字拆开正是"八十一"。

于是张延赏照签行事，将女儿嫁给了韦皋。

"原来韦大人和张大人竟是翁婿关系！"薛涛未曾听过此等逸事，饶有兴趣，便插话道，"这样说来韦大人算是个官二代，为何姐姐却说他是红极一时的贵人？"

芝兰笑道："一个官二代哪能如此风光？段兄，是吧？"

姓段的先前本想卖个关子，哪知道被芝兰讲得生动有趣，许多细节如现场目睹，到了自己口中的故事又只得咽了回去，很觉无趣。现见芝兰把话头递给自己，心中大赞老板娘情商无敌，便喝了口茶，缓缓道：

"韦大人当时一个倒插门女婿，穷秀才一枚，却又性格豪放，不拘小节，莫说不得张公欢心，连府上仆婢也态度稍稍简慢，语言略略刻薄。哪是那么称心如意？"以下略述大意：

虽然上上下下都不大看得起韦皋，但日日相守的娇娜却深知丈夫大材，绝非池中之物。一日，她对韦皋说："久在屋檐下，哪有不低头？韦郎七尺之躯，学兼文武，何能长此憋屈，不如早为之计。"此言正中韦皋下怀，次日即向岳父告辞东游。张延赏说："这还像个男子。"便让下人准备了七驮财物，促其上路。韦皋出发时悉数收了财物，然每至一处驿站，就遣返一驮财物，经过七个驿站，把七驮财物全部遣返。只留下娇娜变卖首饰给他的盘缠，以及布囊、书策等物。张延赏纳闷，不知女婿葫芦里卖的什么药。

韦皋几经周折，入了当时宰相张镒的幕下，很受重用。张镒当时兼任着凤翔陇右节度使。建中四年（783），泾原兵攻陷长安并拥立朱泚为主，德宗皇帝仓皇出逃，流亡奉天（今陕西乾县）。朱泚又率叛军围困奉天。

凤翔原是朱泚的老巢，叛乱发生后，凤翔兵马使李楚琳杀了张镒投靠朱泚，欲与长安叛军两路夹击奉天。而韦皋当时率部驻扎在陇右，是叛军攻打奉天的一根钉子，降伏了他，叛军才没有后顾之忧。

凤翔督军牛云光是朱泚的老部下，他一直很欣赏韦皋，觉得人才难得，力主劝降。朱泚便派了家童苏玉和牛云光一起持诏前往陇右，欲拜韦皋为御史中丞。劝降队伍来到城下叫门，韦皋来到城头，对苏玉说："大使远道而来，何能骗我！不妨将兵器盔甲暂付托管，不让城中军民有所疑惧，这样有利于和平接管。"

苏、牛二人见其态度诚恳，又是秀才出身，谅他不敢造次，便尽付弓矢戈甲，大摇大摆，随韦皋进城。次日，韦皋宴请苏、牛及其部下，暗中却埋伏甲兵于两廊。待众人喝得东倒西歪时，韦皋摔杯为号，一时间伏兵四起，将贼众尽行诛杀。因韦皋秘而不宣，朱泚没有及时获知讯息，又派刘海广前往陇右，追加韦皋为凤翔节度使。韦皋又斩海广及其随从。

姓段的讲得眉飞色舞，薛涛、妙常四人俱是听得入神，听到韦皋两杀来使，不由得眼中放光。妙常插话问道："韦大人杀了朱泚两番来使，奉天解围没有？朱泚败了没有？"

姓段的笑道："韦大人杀朱泚两番来使，严重干扰了朱泚的计划，奉天围而不破。前年底，朔方节度使李怀光赶来救驾，大败朱泚。朱泚逃回长安。去年五月，右神策军都将李晟平定河北三镇叛乱，率兵来关中勤王，进逼长安。朱泚向西奔逃，路上被随从所杀。"

韦皋两杀来使后筑坛盟誓，宣布忠于朝廷，立下"粉骨糜躯，决无所顾"的宏愿，并派军增援奉天，一时功高盖世。皇上当即下诏拜韦皋为御史大夫、陇州刺史，置奉义军节度以旌表之。784年德宗还京后，又征其为左金吾卫将军，迁大将军。785年，被任命为成都尹兼剑南西川节度使，总镇川蜀。

讲到此处，姓段的戛然停住，喝了口茶，眼神带着些许得意地扫将过去。

见薛涛等人听得意犹未尽，芝兰又笑道："段老兄讲得精彩，最近韦公入蜀的八卦可曾听闻？"

姓段的一愣："这还不曾听闻。"

薛涛忙道："姐姐快讲。"

芝兰朝姓段的说道："这可是幕府秘闻呢。韦公来蜀时自然知道是要接替岳父大人，而张大人却不知是女婿将来继任。"

原来韦皋为了制造惊喜，将"韦"字添了偏旁，只称姓韩，"皋"字添了羽部，自称名翱，令左右勿泄。到了天回镇，离成都府三十里，才说是韦皋不是韩翱。苗夫人闻讯大喜，而张延赏还不敢相信，只说天下同名同姓者众，此韦皋非彼韦皋。苗夫人却说："韦郎贱时，气宇非常，当日他领了你的情，却还你七驮东西，就是他的志气。我说是他就是他，如若不是，敢赌手板心煎鱼。"

直到两个大人相见，张延赏方知夫人是对的，连连自嘲："人说'有眼不识泰山'，殊不知'泰山'有眼无珠！"遂引时人郭圆诗作结：

> 宣父从周又适秦，昔贤谁少出风尘？
> 当时甚讶张延赏，不识韦皋是贵人。

薛涛自小便喜欢看传奇、听说书，此次听得这比传奇还传奇的故事，只觉回味无穷。妙常却轻拉了一下她的衣袖，低声说道："刚才和你说到刘辟，他就在韦公部下，这次也跟着来了成都呢，想必你不久就能见到。"

忽然听到窗外锣鼓响起，众人皆向神鸟广场望去。只见一位娘子身着演出服，立在场子中央，一张国字脸甚是白皙，肉嘟嘟眉清目秀，紧绷绷凹凸有致。绣花襦上两排心字花纹。一杆丈二长、碗口粗的楠竹端在手里，上头绑着个一尺长的横竿。

迎儿道："这莫不就是戴竿？我还是第一次见到，

底座怎的还是个娘子？"

戴竿又称顶竿，通常由一个大力士充当底座，负责顶竿承重，而武后朝以来，底座时由健硕有力的女伎充当。

芝兰指着那戴竿娘子说："你们不知道她吗？她是长安城大名鼎鼎的王大娘。"

鼓镲响时，王大娘轻身一耸，那竿便上了肩头。她抬头仰望，一手扶竿，一手翅膀似展开，款移脚步，那竿便亭亭笔立，纹风不动。有小女孩飞身而上，众人一声欢呼，那女孩已在空中表演起各种武术，还有飞天、下腰、衔花等惊险动作。鼓镲再响，那竿竟然上了王大娘肉肉的下巴。鼓镲三响，又上了她宽宽的额头。每一动作，观众都报以尖声惊叫、阵阵欢笑，以及热烈掌声。

众女看到精彩惊险处，无不捂嘴惊叹，薛涛说："今儿是第一次见着王大娘，看着竟不陌生，想来是过去读到一首写她戴竿的诗。"

楼前百戏竞争新，唯有长竿妙入神。

谁谓绮罗翻有力，犹自嫌轻更著人。

第五回

西川府荆宝平冤

摩诃池薛涛犯上

韦皋是薛涛入剑南西川节度使幕府后侍奉的第一任府主。韦皋身长八尺，豹头环眼，体格魁梧，不怒而威。薛涛看到的第一眼，就判定是他。

韦公是眼光远大之人，镇守西川后，做了几件事，件件不同凡响。第一件是鲜明表态拥护中央集权，不自行其是，还每年向朝廷献上乐曲，连同舞蹈家和乐谱一同进奉，取得天子信任。第二件是整顿西北、西南的边境防务，妥善处理与吐蕃、南诏的关系。第三件是笼络人才。军士将吏有嫁娶的，即给男方熟锦衣，给女方银泥裙，再各赐一万钱。凡来归附者，即与优厚待遇。于是远近慕义，争来成都。

韦公到任伊始，便遇大旱，农业歉收，蜀人病饥，于是齐召幕僚到府商议赈灾之事。众人各抒己见，讨论祈雨及开仓放粮之事。韦公一眼见到薛涛，坐在众男士间，如鹿群之中忽见鸾凤，便问其有何意见。

薛涛从容说道："去年涪江发大水，今年西川久旱不雨，或有冤狱枉系，宜加详覆。没有什么比悲悯之心更能感天动地。"韦公闻言，如醍醐灌顶，道："自周兴、来俊臣以来，何方无酷吏？何处无冤狱？言之有理，言之有理。"着即安排一边祈雨，一边审理冤狱。

韦公亲手抓这件事，将关在监狱里的囚犯一一审查。喊冤者，重点审查。发现一起，即纠正一起。半年不到，复核案件超过三百宗。

一天，一个身戴重枷的囚犯过堂候审，虽然胡子拉碴的，但好像有些面善。韦公正待问他，那囚犯忽然认出似的，高声喊道："大人，大人，你还记得姜家的荆宝吗？"韦公惊诧道："你是荆宝吗？你犯了何罪，遭此重刑？"荆宝道："当年与兄别过，我以明经科应举及第，选为青城县令。因家中不慎失火，将官署的房子烧了，损失了仓库、牌印等，由此获罪。"韦公道："既是家人之过，处分也太重了些。"于是卸掉其枷锁，令其换掉囚服，洗澡修面，留于幕府听用。

由于公务繁忙，过了一段时期，韦皋才向荆宝问起玉箫的下落。荆宝说，韦兄上船那天，与玉箫立下誓约，以七年为期，七年过去，兄杳无音信，玉箫茶饭不思，绝食而终。韦公听了，一连数日情绪不佳。

话分两头。当时骡马市校场新开了女子马球的收费项目。薛涛邀妙常一道，去校场学习骑马。有人说，槐树街有骑驴打球的项目，收费便宜。妙常说："驴相太蠢。"先试了一下，还是决定骑马。

马球是唐太宗提倡的体育项目，起源于波斯，经大唐推广，传至日本、高丽。成都是时尚之都，马球也成了大众的娱乐项目。薛涛、妙常第一次去校场，先看了一场球赛。只见十男六女混合，头戴黑红两色幞头，身着圆领绛色长袍，脚蹬高筒皮靴，分作两队，各有球门。开球之后，两队展开对攻，十余人争击一球：或跑马逐球，或俯身击球，或跃马持杖，或反身击球，或陪跑窥伺，疾似流星，往来穿梭，又如行云流水。比赛有裁判和守门员，以进球多少定胜负，场外有吹鼓手奏乐以壮声势。

两人看得直呼过瘾，于是马上报名交费，参加培训。派给她俩的教练是一个年近不惑、有些发福的男子，平时特别喜欢骂人，见了薛涛、妙常两个，嘴里的脏字全扔到爪哇国去了。七天训练计划，安排得极是紧凑。训练项目主要有刷马、备马、卸马、洗马等。上马前务必检查肚带松紧程度，不可有差池。上马须从左前方靠近马，让马看到人，不可以从马的视野盲区突然上马。

马上的课程主要是骑姿练习、快步起坐、快步压浪、快步圈乘等。骑姿要领是前脚掌踏蹬，上身直立坐稳马鞍，小腿、膝盖和大腿内侧用力夹马，臀部与马鞍若即若离，随着马跑的节奏起伏。教练示范极是尽责，过于殷勤时，跳上马背紧贴学员身后，有时将马一拍，学员就倒在教练怀里，被其紧紧抱住，十分安全。妙常疑心他是揩油，薛涛则认为他是给力的。几天下来，感觉全有了。薛涛说："骑马的感觉好，就像骑着神鹰在飞，骑驴太颠簸，肠子受不了。"离开训练场时，教练恋恋不舍，希望她们有机会再来。

薛涛入幕后，很快联系上老同学刘辟，得知他是得了高人指点，随韦大人一起赴任成都，官衔御史大夫，实为行军司马。于是邀约妙常，和几个广文书塾的校友，在杜工部草堂搞了一个同学会。

韦公看在刘辟的面子上，特别赏光，于当日到草堂一坐，顺便看看茅屋旧址。同学见面，没大没小，十分随意。一位丁兄席上乘兴赋诗，诗曰：

渭北江东总忆君，时光已抹旧时痕。

同窗相会无高下，都是呼名叫字人。

只有一个人不轻松，那就是刘辟，因为顶头上司在此，他只得围着忙前忙后，把侍女该做的端茶递水之事，一并包揽下来。直到韦公大驾去后，他才松弛下来，躺在靠背椅上假寐。丁兄促狭惯了，忽然叫一声："韦大人驾到！"

刘辟闻言，腾地从椅子上跳将起来，左右顾盼，并不见韦公。周围团转的同学哈哈大笑。刘辟面子上挂不住，竟拂袖而去。于是大家七嘴八舌，说丁兄诗确实写得好，却不该说那句话。刘辟够给面子了，再怎么说是同学呢，这样整人要不得。

中秋节到了，西川节度幕府赏月晚会将在摩诃池举行。

"摩诃"是梵文音译，意即伟大。隋文帝开皇初年，杨秀镇蜀，为修建成都子城，在城中大量取土，留下总面积约五百亩的大坑，后引郫江之水注入，形成一池。有西域僧人来此，一见惊呼："摩诃，可以藏龙！"于是得名。唐德宗贞元元年（785），韦皋开凿解玉溪，并与摩诃池连通。摩诃池就此成了西川第一人工湖。

摩诃池方圆十余里，处处好景致，且不说芙蓉坞的幽深，白鹭�的清雅，只这出了锦官门，过了般若寺，上了张公堤，中间是濯锦港，转过去就望见智仙塔。五步一楼，十步一阁，山重水复，柳暗花明，卖酒的青帘高扬，卖茶的红炭满炉，游人络绎不绝，真不数：三十六家花酒店，七十二座管弦楼。

傍晚时分，玉露泠泠，金风淅淅，聚会安排在摩诃池的石舫楼。石舫楼的基座为池边大块石盘，作船形雕琢，全长五丈，上为木楼，宽两丈，高一丈。装饰精美，富丽堂皇。厅内摆设筵席。筵席旁边另设几案，铺着毡纸，银灯高照，小吏数人捧砚侍候。府主韦公坐上首，新任副使刘辟，行军司马房式，判官崔从、韦乾度，参谋随军独孤密、符载，校书郎①段文昌及薛涛等十余幕僚围坐。

薛涛唤人摆上十余副茶具，亲自表演从九天一都学来的茶艺：揭盖，投茶，摇香，赏茶，注水，刮沫，净沫，挫茶，摇碗身，清杯托，换指出汤，蝶舞（碟舞），

---

① 校书郎：唐代秘书省、弘文馆、崇文馆所设正九品或从九品职官。节度使幕府亦可奏授。

展茗，品茗。一连串动作，看得韦公一干人眼花缭乱，心花怒放。薛涛一面表演，一面讲解茶叶用量、用水温度、浸泡时间的诀窍，和禅茶一味的道理。杯盏偶尔叩出清磬哀玉般的声音，令人心情无比畅悦。

正是月上时分，厅内点起二三十盏羊角灯，映着湖光月色，乐声大作。一曲奏毕，两个粉头上来，一个唤作杏雨，一个唤作梨云。杏雨手执琵琶，转轴拨弦，将弦调了，拢捻抹挑，弹了起来。梨云倚声而歌，歌曰：

曲径小楼翠竹，浅渠活水青葭。纤尘未染静无哗。
城中十万户，此地两三家。
鸟散堤杨轻袅，鱼潜藻荇交加。蜀都风月最堪夸。
皓齿锦江水，明眸盖碗茶。

于是推开两边窗户。酒席已然齐备，几个鲜衣美饰的侍儿轮番斟酒上菜，众人边饮边食，边说闲话。

饮至二更时分，与会者推出一人分题限韵，拈阄作诗。韦公拈到第一号，题为《天池晚棹》，却是入声二沃韵，近体。少顷成诗一首：

雨霁天池生意足，花间谁咏采莲曲。

舟浮十里芰荷香，歌发一声山水绿。

春暖鱼抛水面纶，晚晴鹭立波心玉。

扣舷归载月黄昏，直至更深不假烛。

众人皆说，虽是仄韵，却句句合律，是个仄韵的七言律诗，不愧是斫轮老手。

独孤密拈到第二号，题目是《咏粥》，仄声韵部不限。独孤密说："我这人最不爱喝稀饭。但往年关中大旱，官府赈济灾民，大锅施粥，老百姓编了首打油诗，没有作者名头，我可不可以捡这个现成？"听到大家都说可以，于是念道：

一喝一条漕，一吹一个泡。

三天一泡屎，一天一桶尿。

众人听了这个，都哈哈大笑。房式道："吃饭莫说这个。"崔从道："这个打油诗，比王梵志写得还得劲。"韦公问薛涛以为如何，薛涛道："这个是含着眼泪的笑，民间真有高人。"

刘辟拈到第三号，分得题目《登楼望月》，下平十一尤韵，古体。笑道："这个是出到笆篓里了。"于是援笔立就：

> 皎洁三秋月，巍峨百丈楼。
>
> 下分征客路，上有美人愁。
>
> 帐卷芙蓉带，帘褰玳瑁钩。
>
> 倚窗情渺渺，凭槛思悠悠。
>
> 未得金波转，俄成玉箸流。
>
> 不堪三五夕，夫婿在边州。

众人道："好一首闺怨诗，真个是文如夙构。"

薛涛拈到第四号，分得题目《谒巫山庙》，下平七阳韵，近体。得题后沉吟半晌，取过笔墨，在纸上书出，诗云：

> 乱猿啼处访高唐，路入烟霞草木香。
>
> 山色未能忘宋玉，水声犹似哭襄王。
>
> 朝朝夜夜阳台下，为雨为云楚国亡。
>
> 惆怅庙前多少柳，春来空斗画眉长。

众人见诗，皆拍手称好。段文昌说："所谓巫山庙，也就是神女庙。这首诗不犯字面，不直接说神女，说'朝朝夜夜''为雨为云'，就是说神女了。又以宋玉、楚王相映带。最后写庙前柳色，又以'画眉长'点题。全诗寄慨遥深，很有沧桑感，诗咏神女，却完全不像女子之作。"韦公道："不意西川有这样一个扫眉才子。"符载问薛涛："你去过长江三峡吗？"薛涛道："没有去过还没有听说过吗？不过我终究要去的。"于是席上人共同举杯畅饮。

众人正待继续玩诗，忽然听得岸上一声响亮，有人大声吆喝，顷刻，人声嘈杂，嚷成一片，一派红光，把半边天空照得通红。韦乾度趴在窗边看时，叫一声："不好！"原来是水殿那边失火。石舫中人纷纷跑出舱去，杏雨、梨云两个吓得腿都软了，挪不动脚。只听薛涛叫道："大家别慌，赶紧把水殿的龙骨车用起来，打水快些。"于是传出话去，一帮衙役、佣人将水殿龙骨车挪到池边，牵上水管，将摩诃池的池水引上高处，向失火的屋顶喷洒。足足半个时辰，火才渐渐熄了。

众人回石舫落座，兴致已然转移，诗就不玩了。都说亏了薛涛反应快，想到水殿的龙骨车，本来是夏天降温用的，没想到急忙时派上了抢险用场。酒过数巡，韦公酣醉，起身更衣，薛涛见侍儿不在，便起身跟随入侍。

韦公进到更衣间，醉眼乜斜，回头看薛涛时，越看越像玉箫，不由得心潮起伏。

薛涛被看得心里发虚，毛发竖立，正待退出，却被韦公拦腰抱住。

薛涛顿觉酒气熏天，浊臭逼人，心生抗拒。于是脑筋急转弯，凑着韦皋耳朵，说出一句连自个儿都不信的话来。短短四字却很扎心。韦皋何曾听过这样的话，直如烧红的枪头插入一桶冰水，耳朵里嘶嘶地响，立马终止行为，半天打不出一个喷嚏。手才松开，薛涛便立刻退到更衣室外。

韦皋这一辈子从来没有感到这样无趣，没劲，羞愧。

一个大男人的自尊心，瞬间轰然坍塌。

第六回

入乐籍三分造化

会玉箫两世姻缘

更衣间事件的第二天，薛涛被入乐籍。

乐籍在唐代是一种户籍制度，最早称作乐户，为安置犯官家属的去处。身入乐籍的男女，从事为人提供声色娱乐的服务，个人及后裔，未脱乐籍，不得从事其他行业。既不同于贱民，又区别于良民，有打入另册的意思。

妙常问："你到底说了句什么话，被收拾整治？"

薛涛道："这个你不消追问。"终于还是忍不住，贴在她耳朵边说了。

妙常乐不可支道："服了你了，只有你才想得出来。伤害性不大，侮辱性极强。"

处分是入乐籍，薛涛那时暗暗高兴，觉得这是从轻发落。天下小姑娘，没有一个不想学习歌舞的，只是良家女子没有那个机会罢了。大唐时，乐舞艺人，在皇室宫廷中称宫伎，军中称营伎，地方官署中称官伎，官吏富豪家中称家伎。他们都属乐籍，归教坊司管理。

成都教坊的老师，教琵琶的不是穆善才的后人，便是曹善才的学生，讲乐理的是万宝常的弟子，教舞蹈的是公孙大娘的再传弟子，教男高音的竟是李龟年的亲孙子，都是随父祖辈陪着唐明皇避安禄山来到成都的。吹拉弹唱，本非良家女子的本等，一朝入了乐籍，全都顺理成章。薛涛深感机会来之不易，于是刻苦努力，很快就出类拔萃了。

薛涛对妙常说："平头百姓家的孩子，想学个艺，比登天还难。首先家人反对。街坊有个里正家的孩子，唤作宗福，下学后时常溜进勾栏，逃票看戏。宗福念书敷衍，听戏倒极是上心，听一两遍的新戏，竟能大段大段地唱出来。这引起头牌的稀罕，问他跟谁学的，回答没有人教，自己学会的。头牌便招呼他得空便来，可以教他。于是宗福有空便去，头牌就教他如何发音，如何练嗓，什么是混声，什么是尖团字，等等。宗福戏越唱越好，学习成绩却直线下降，引起里正爸爸的不满。连续几次，里正发现儿子下学不见人影，暗地跟踪到了勾栏，真相大白。里正拎着儿子的耳朵，提回家去。可惜一个唱戏的苗子，从此断了瓜秧。宗福书也没读出来，被里正爸爸送到竹藤社，宁肯让他从事竹编之业，也决不允许他做戏子。

"另有一个姓叶行二的哥哥，从碧眼胡儿手中购得一把胡琴，私下拜了老师，得其真传。于是成天废寝忘食地在家拉，陶醉在自己的胡琴声里，极为痴迷。然而，那么几支名曲，翻来覆去地拉，听得家人耳朵长出茧子，眉头皱作一堆。叶二哥终被逐出家门，干脆入了乐籍，有了老师，有了专门的琴房，更是如鱼得水。寻常巷陌，平头百姓之家，哪有这种条件！今年送长安参赛，叶二哥竟一举夺得胡琴组的金奖。"

妙常问："你最喜欢哪个老师？男老师还是女老师？"

薛涛说："俞善才经常表扬我悟性高，审美直觉强，有时对他也有启发。而秋娘老师呢，经常说我胭脂搽多了一点点，殊不知我才是素面呢。"

妙常道："嗯嗯，这个理解。你经常出入豪门的堂会吧？"

薛涛说："权豪势要家的堂会，文人墨客的雅集，民间的红白喜事，都可能被邀请出场。缠头有高的，有低的。有乐意去的，有不乐意也得去的。"

妙常道："说说你最乐意去的吧。"

薛涛道："当然是文人墨客的雅集，诗词歌赋，行令猜谜，玩的都是文化。前回黎州（今四川汉源西北）来了个刺史，不讲他名字哈，在宴会上行《千字文》令，要人说出《千字文》一句，须带禽鱼鸟兽之名。刺史拈阄得'鱼'字，一时脑壳转不过弯，匆匆说：'有虞陶唐。'殊不知这'虞'不是那'鱼'，坐客皆忍住笑，还没人说罚酒的。下一个轮到我，我就对了一句'佐时阿衡'。乍看也无'鱼'字，众人都说该罚。我即笑道：'诸位请慢。"衡"字里尚有一个小鱼，使君的"有虞陶唐"，连小鱼都没有呢。'一时间哄堂大笑。好玩不好玩？"

妙常说："我就佩服你一向会玩脑筋急转弯。"

薛涛说："还有一次，幕府举办宴会，我去佐酒，行的是'改一字愜音令'，操作办法是造一个五言句，首尾字须谐音，后字解释前字，而且必须形象。韦公说的是：'口似没梁斗。'要我来接，我就说了一句：'川似三条椽。'韦公打趣道：'你的三条椽，有一条是弯的。'我立马接他的话说：'相公贵为西川节度使，尚用一无梁之破斗；我不过一个穷酒佐，杂用一条曲椽，有什么不可以的呢？'也把大家逗笑了。

"你见过古人的《联句图》没有，图上有男士有女士，男士不说了，那些女士是干什么的？都是能歌善舞、锦心绣口、蕙心兰质、琴棋书画皆知一二者，也就是高级乐伎吧。别看她们社会地位低，处众人之所恶，然而天下没有一个良家妇女可以出入这种场合，与文人雅士平起平坐的，唯乐伎能之。这就是做乐伎的好处了。一辈子守着空房，等着一个不回家的男人，身后得一个冷冰冰的贞节牌坊，有什么意思呢？"

妙常笑道："说得是。听闻坊间还有个'压婿'案，传得很厉害，是咋回事？"

薛涛道："滚滚红尘，无奇不有。一个裴姓的歌女，被兄长做主嫁给爬竿的侯哥，侯哥个儿小，裴女相好上一个高个儿帅男。侯哥生病，裴女遂起歹心，欲下药把老公闹死。消息走漏。裴女进粥，侯哥不吃。裴女一昏头，支使帅男黑夜行凶，另拉帮凶提了沙袋。帮凶偏是侯哥老乡，黑灯瞎火中，故意把沙袋压胸口，不压口鼻。到天亮，侯哥没死，事情闹到有司。有司得了好处，大事化小，帅男、裴女各杖一百了事。坊间不明就里，只道是沙袋绽缝，侯哥捡得一命。妇女们拿这事开玩笑：'姐们儿，从今以后，压婿的沙袋，要缝结实些，到时间不要绽缝哟！'遂成坊间的段子。乐籍中人，整体文化水平就那样子，教坊流行的话是：'女人怕老，男人怕穷。'到底不是可以久待的地方。"

有时，薛涛会去杂技训练场看童子练功，看他们压腿、下腰、翻筋斗，挑战各种高难度动作。时间一长，她深知道，这些孩子来自穷苦人家，过早离开爹妈的怀抱。他们晾晒在外的色彩鲜艳的演出服装，常常引得路人浮想联翩，但伴随他们的是流不尽的汗水和泪水。伤痛是他们不值一提的故事。一天，薛涛发现杂技班里有位小男孩，七八岁的样子，骨瘦如柴，面色潮红，明明在发烧，仍被迫参与训练。他努力跑跳，却不停地咳嗽，只要他暂停一下，班主就会无情地用脚踹他。过了几天，训练场上就看不到这个小孩。薛涛四下打听，才知这小孩在一次训练中支撑不住，竟晕倒了。那天晚上，班主说带他看医生，叫人把他背走了，从此一去不回。

薛涛觉得此事蹊跷，决心查个明白，便去寻背走小孩的人。当她打听到背走小孩的人是谁时，那个人竟也奇怪地失踪了。后来，薛涛便听说教坊正在联系官府，愿出一笔银子作为赎金，让薛涛脱离乐籍，从教坊走人。

不久韦公生日，教坊准备了节目祝寿，定了薛涛献唱。

各地进献的生辰贺礼，大都是土特产，也有珍稀动物，唯东川送来的是一名乐伎，唤作玉箫。韦公听说，心里便有些咯噔。及至见面，更大吃一惊，竟与当年荆宝家的玉箫一模一样，且左手中指上有一节微微隆起，如指环然。于是相信前世姻缘竟是真的，不禁大喜，请出荆宝与之相见。真可谓喜上加喜。

当天玉箫、薛涛同台表演，一见如故，即以姐妹相称，唠了许多话。薛涛说："玉箫姐，你和韦公的爱情故事太感人了，若得书会才人把笔，可以写一出《两世姻缘玉环记》，定会倾倒千古戏迷。"

为了纪念与玉箫重逢，韦公闲暇之日，携玉箫及荆宝到成都郫江、流江交汇之处，薛涛跟着。韦公说："就在这里，修一对翘角的亭子，供游人憩息。就叫它'合江亭'吧。"

韦公笑笑说："我还要捐一笔钱，做一件更大的工程。西川水文大势是这样的：岷江在灌口进入平原，秦太守李氏父子凿开离堆，修建了长堤、鱼嘴、飞沙堰，岷江被分为了内江和外江。内江南行，一分再分，到成都，郫江、流江抱城郭而流，在此合流，即是锦江。锦江下行，到彭祖故里的江口镇，与外江再度合一，直下嘉州（今四川乐山）。这里是青衣江、大渡河、岷江三江合流之处。此处行船极为危险，覆舟殒命者，一岁之中，不计其数。

开元之初，海通禅师为减杀水势，普度众生，募资聚集人力物力，依山而凿大佛。大佛修到肩部，海通圆寂，工程中断。前节度使章仇兼琼曾捐赠俸金，让海通弟子领工匠继续修造。奈何大佛修到膝部，因章仇兼琼调任户部尚书，只能再度停工。这一停就又是四十多年了，我得趁机把这个善举接起来。"

玉箫夫人则自语道："那佛得有多么大呀？"

韦公道："举世无双吧，有道是'山是一尊佛，佛是一座山'。"

韦公心情很好，回头对薛涛说："你明日脱了乐籍，回幕府上班吧。"

玉箫连声说好："无事多来陪我，姐妹俩说说话吧。"

玉箫能识文断字，也会自娱自乐。韦公忙于公务，她无怨无尤，养了一只进贡的鹦鹉，唤作盼盼，捡来一条流浪狗，起名浪妹。玉箫喜欢和浪妹说话，见了就打招呼。玉箫躺着的时候，喜欢用脚蹭狗。玉箫认为浪妹好看，是天下最可爱的狗狗。

韦公在西南执行德宗皇帝的民族政策，争取南诏归唐。南诏也积极配合，于韦公生辰，送来孔雀三雄两雌，

其中一只是纯白的。韦公命人仿照孔雀栖息地，开出专门的园林池沼，广植南方嘉树及灌木，引出溪流，构筑笼舍。南诏派来园丁，指导饲养。韦公令薛涛协管此事，间领接待任务，不复侍宴矣。

薛涛对饲养孔雀有很高的兴趣，仔细观察，不懂就问。知道孔雀早晚觅食，食性杂，圈养饲料便以小麦、糠麸、大豆、青草为主，拌以鱼粉、骨粉、食盐、沙砾，孔雀又自行捕食蚱蜢、蝗虫、白蚁、飞蛾等昆虫。孔雀因尾羽太重，不善飞行，但其步履轻盈，奔跑时，一步一点头，绝类舞步。求偶时雌雄相向起舞，雄鸟兴奋时将尾屏竖起，若展舞裙。舞至高潮时，尾羽震颤，闪烁发光，并发出嘎嘎的响声。薛涛由此得到灵感，编了一套孔雀舞，自娱自乐。

幕府有校书郎叫作段文昌，常常来看孔雀。文昌字墨卿，是唐初凌烟阁功臣之一段志玄的后代，大历八年（773）出生，小薛涛三岁。

文昌少年时代，家道已不那么显赫了。他自幼客居荆州，为人豁达豪爽，看多了世态炎凉，作风有些落拓不羁。他经常喝得半醉，靸着鞋在江陵（今湖北荆州）大街上走。下大雨时，见街边有大宅门，门对着一条渠沟，他乘着酒劲，一边脱鞋在渠沟濯足，一边唱："沧浪之水浊兮，可以濯吾足。"他还常对人吹牛说，等自己将来做到江陵节度使，一定要买下这个大宅院。听的人都嗤笑他，认为他白日做梦。

有道是"马善被人骑，人善被人欺"，荆南节度使裴胄明知文昌有才，就是不用他。于是文昌漂泊至成都，西川节度使韦皋慧眼识才，召他为幕僚。文昌对金石书画及收藏有很高的兴趣，和薛涛一见投缘。他喜欢看孔雀，常趁机出示诗文，要薛涛多提意见，其实意在卖弄。

薛涛怕韦公眼中容不下沙子，刻意与文昌保持身体距离。每当文昌凑太近时，薛涛便指指头顶的天，他便知趣地后退一尺。不过，薛涛确实喜欢这个知书达理的朋友，曾作诗夸他，诗曰《赠段校书》：

公子翩翩说校书，玉弓金勒紫绷裙。

玄成莫便骄名誉，文采风流定不如。

诗中的"玄成"，指西汉宣帝时丞相韦贤之少子，此人好学，善待人接物，薛涛用比文昌。

文昌将诗笺裹在卷子里，有空就打开来瞧一眼，偷着乐。

第七回

异代相攀文君井

同幕共商道德经

一日，薛涛正观察孔雀开屏，忽然教坊派人送来一封请柬，来自真仙观。

邛崃真仙观是道教全真派的十方丛林，始建于蜀汉建兴三年（225）。相传当年诸葛孔明南征时，元始天尊托梦，授以妙计。孔明依计而行，与邛崃夷人部落首领盟誓，约定夷人在双方实控区的基准上让出一箭之地，蜀汉则出资在南河上修建大桥，勾连南北，以便贸易，实现双赢。开箭之日，孔明登坛借风，于铁牛岭三圣宫上，令射雕手张弓搭箭。箭出风起，这箭就射到打箭炉（今四川康定）的半山腰，夷人只得如约退至康定。于是修筑道观，作为纪念，定名真仙观。

当时，俗讲大行其道，各佛教寺院为吸引信众，将佛经故事改编成通俗浅显的变文，形式介乎于说唱与评书之间。道观为挽回颓势，亦出妙招，即聘请能说会道的女先生登坛讲《道德经》。民间盛传女道士谢自然，于贞元十年（794）十一月二十日辰时，白日飞升，成仙而去。还有个来自华山的女道士，在长安讲经，以色相招徕听众，成为万人追捧的明星，甚至被请进宫廷。

文豪韩愈写过一首题为《华山女》的长诗，大意是说：街东街西都在宣讲佛经，用各种手段宣扬因果报应。黄衣道士想要争夺听众，但是效果不佳。于是华山女子应运而生，其家世代信奉道教。华山女一番梳洗，穿上女道士冠帔，肤白貌美，眉眼动人。不知谁透露了她要传道的消息，佛寺听众一下子跑得干干净净，而通向道观的大路则车水马龙，道观之中座无虚席，后来的听众不得不坐在道观外面。连皇宫也传出圣旨，六宫的后妃们都想瞻仰一下道姑的容颜……通过韩愈此诗的描述，可以想见当时女道士的风头之劲。

在世风的影响下，真仙观道长不甘人后，亦到成都聘请才貌双全的女子，到邛崃登坛讲解《道德经》章句。一寻二访，找到了薛涛。薛涛正想要去邛崃，何况有人接待，欣然应允。知道段文昌对《道德经》素有研究，便找他合计讲稿怎么弄。段文昌说，九九八十一章中，有九章是必讲的。依次为：一章，关键词"众妙之门"；二章，关键词"功成弗居"；九章，关键词"功成身退"；廿五章，关键词"道法自然"；三十三章，关键词"自胜者强"；四十五章，关键词"大巧若拙"；四十八章，关键词"为道日损"；六十四章，关键词"其安易持"；八十一章，关键词"信言不美"。薛涛觉得甚好，于是花了一天工夫写好一个提纲，算是讲义。

在妙常的陪同下，薛涛新制了一套女冠服。段文昌因做事效率极高，故常有闲暇时间，行动自由。于是在九月九日，重阳帝君及斗姥元君圣诞的那一天，薛涛由文昌、妙常陪着，来到邛崃真仙观。

宣讲之日，薛涛身着女冠服，淡扫蛾眉，侃侃而谈。讲堂内外，连过道都挤满了人，贫的富的，村的俊的，争睹成都女先生的丰采。

课间妙常踱出讲堂，找茅厕净手，趁机在观内东游西逛。道观静悄悄，妙常在廊道转角之处，冷不丁与人撞个满怀。抬头一看，却是段文昌。文昌嬉皮笑脸，将妙常揽进怀中。妙常仰面，举起一指，压住樱唇道："有人。"

忽听掌声雷动，原来讲座结束。两人立马丢开，权做没事状。只见听众三三两两走出讲堂，讲台处围了一圈人，从人头空处望去，薛涛捏着一支狼毫小楷毛笔，正签名呢。

多年以后，听过那次讲座的人，都说印象深刻。至于具体讲了什么，却如天女散花，事后捡不到一片两片。

却说讲经之后，真仙观道长留薛涛一行多住两日，到天台山看响水滩大瀑布、蝴蝶滩，还有萤火虫。薛涛道，先看卓王孙故居。于是道长联系到卓王孙故里管理处，又安排了车马，将一行人送至临邛县里仁巷。只见纪念馆大门上榜书四字"王孙故居"，小字落款"赵公佑题"。

一美女导游先已候在那里，见人到齐，开始讲解，伶牙俐齿，口若悬河。她说，早在秦汉时期，巴蜀就是经济发达地区，出了两个大企业家。一个是巴寡妇清，是历史记载最早的女企业家，以雄厚财力支持秦王朝，阿房宫地下陵寝中大量的水银，就是她提供的，所以秦始皇待若上宾。

另一个就是邛崃的卓王孙，他出生于冶铁世家。秦灭六国时，卓家从赵国迁来邛崃，富甲天下，仅家童就数以千计。当然，他的名气之大，还得力于宝贝女儿卓文君，那也是个寡妇。

卓文君与司马相如，是被正式记录的第一对自由恋爱的夫妇，影响很大。司马相如最初在文学爱好者梁孝王修建的兔园做宾客，梁孝王死后，他落魄回到蜀中。他和临邛县令王吉是好朋友，当时住在离县署不远的临邛宾馆。卓王孙请客，王吉就把他带上。酒喝高了，王吉知道卓王孙家藏有雷氏琴，就说司马相如琴弹得好，请拿出琴来看看。于是相如当众弹了一曲《凤求凰》。

当时卓文君就躲在窗户后面听，踮着脚，用舌头舔破窗纸朝外看。只听相如边弹边唱：

有一美人兮，见之不忘。

一日不见兮，思之如狂。

凤飞翱翔兮，四海求凰。

无奈佳人兮，不在东墙。

文君听得这几句，不觉心动神摇。又听到：

将琴代语兮，聊写衷肠。

何日见许兮，慰我彷徨。

愿言配德兮，携手相将。

不得于飞兮，使我沦亡。

文君益发如醉如痴，站立不住，便一屁股坐到床上，细嚼那歌词的滋味。几个月的伤痛幽独之思，凑聚在一处。仔细忖度，心痛神痴。司马相如走后，文君傍着栏杆，叫过一个小厮，让去打听刚才那人住在临邛宾馆几楼几号。小厮回来一一说与，文君点头说："不许告诉别人知道。"

以下的故事，简单些说：卓文君当夜就投奔相如，相如当夜就备了车马，带着她回到成都，从此过上幸福的生活。

薛涛打断导游的话道："其实不然。晋人葛洪的《西京杂记》曾对二人在一起后的生活略述一二。当初小两口不顾物议，从临邛跑回成都，并不是终日里琴棋书画，卿卿我我。因为相如手头拮据，囊中羞涩。文君既然背叛了有钱的爹，不免打些烂账。有一次相如没钱打酒，文君竟典当了她最喜欢的一件鹔鹴裘，也就是高级些的羽绒服吧。小两口还抱头哭了一场。没奈何，于是合谋算计文君她爹。两口子一个当垆卖酒，一个身着犊鼻裈，也就是围裙吧，洗碗当伙计，不顾斯文扫地。卓王孙听说此事，赶紧给女儿送银子，免得给他丢人现眼。"

亦有诗记之：

一女当垆锦里秋，千金难赎王孙羞。

莫笑相如亲涤器，日前典得鹔鹴裘。

　　来到文君井，导游解说道："也有说文君和相如是回
了临邛当垆卖酒的。这里相传就是文君当垆时留下的一口
井。为了保护这口井，后人在周边种上了山树水竹，构筑了
琴台亭榭、曲廊小桥。如今这里环境相当幽清，成了临邛最
著名的园林胜境。井内泉水清洌，甃砌讲究，井口径不过二
尺，井腹渐宽，如胆瓶然。井壁为黑黏土，杂有陶片，合于
汉代古窑井，据专家论证，此井为西汉遗存无疑。"

　　薛涛感慨道："我佩服卓文君的，第一件就是敢于
放飞自己。"听到这话，妙常就看了段文昌一眼，发现文
昌也正回头看自己。

　　薛涛道："第二件就是自食其力。文君当垆，相如
涤器，不管是在成都，还是在临邛，都需要勇气。

　　"第三件，就是留下这口文君井，据说是小两口当
年取水酿酒的井。是不是并不重要，重要的是她打造了一
个符号。上善若水，水善利万物而不争。有什么比水更重
要呢？水的用途可大了，酿酒要水，水质有讲究。造纸也
要水，水质更有讲究。女人也是水。有了这口井，卓文君

不死。我身后要能留下这样一口井，那就幸甚至哉，不枉自做一回女人。"

当天，薛涛一行住天台山，山民带他们往正天台的峡谷里看萤火虫。是日天公作美，月明星稀，溪边灌木丛中时见流星般的光点掠树冠而过，山民说快了快了。等到戌时，萤火虫出得多了，一星星一点点做低空飞行。忽而眼前飘过一点，薛涛便伸出双手，向空中捧去，捧了几次，没有捧着，手背上却落下一点，蓝荧荧的，并不烫手。

不一会儿，只见天上是星星，溪边也是星星，溪流倒影也是星星，薛涛感觉梦游一般，恍惚起来，便喊一声妙常，妙常没应。再喊一声文昌，文昌也没回应。山里人说，可别这样大声，会把萤火虫赶跑的。薛涛看到低处有萤一动不动，便用手去捉。山里人说，那不是萤火，是一种植物。果实豆子般大，开紫色花，夜里发光。吃一枚，一窍透明；吃七枚，七窍洞彻明亮。这叫萤火芝，夜间写字，可以用来照明。

当夜回到房间，见到妙常，发现她怡悦得有些异常。薛涛嗔道："你和文昌失踪半个时辰，上哪儿去了？"妙常说："我们走岔了，到另一条路上看萤火去了。"薛涛说："你看见了什么，一五一十，说与我听。"

妙常说："我呀，看到有个小火星从石头底下升起。起先以为是萤火，渐渐地放出了光芒，大小像弹丸，一会儿飞起来，一会儿落下来，旋转着来来往往。仔细看那团光的中间，有一位女子，头发上插着钗，红衣绿裙，飘飘似仙，十分可爱。我伸手抓住了她，就着月光一看，原来是一粒松鼠屎，你说怪也不怪。"

薛涛用指头戳了一下妙常的额角道："少跟我鬼扯。"

第八回

赴松州亲历地震

话吐蕃重识韦公

薛涛赴邛崃讲经这件事，被西川府第一红人刘辟在韦公面前说漏了嘴。这本不算什么，只是韦公听说陪同的人是段文昌，又在邛崃耍了两三天，心头咯噔了一下，觉得响鼓不用重槌，有必要伸出一根指头，小小地教训一下这两个人。

西川府为大镇，韦皋屡立边功，位高权重，文武百官争欲巴结。一次，薛涛轮值，接到了一单礼品，请求转达。如何处置，厅壁之上，查无明文规定。薛涛不便擅处，便将所得金帛原样上交。谁知晴空里一个霹雳，这事被定性为"传贿"。第二天处分下来，重操艺业，罚赴松州（今四川松潘）劳军。薛涛走后，段文昌被发配灵池县做县尉。

段文昌赴任途中，发生过一件怪事。当时他带着瘦童劣马，匆匆赶路，到离县城六七里时，天已昏黑，路上没有行人。路的两旁忽有两行萤火，就像火炬，跟着往前飞，冥冥中听见叫声："太尉来！"行至灵池县城门，两边的萤火就消失了。段文昌忽然想起李白两句诗："升沉应已定，不必问君平。"蜀谚道："命中只有八合米，走遍天下不满升。"段文昌觉得冥冥中一切已定，只怕泄漏天机，对人不提一字。

薛涛与文昌分开之后，两个人就断了联系。松州多山，州治附近有崇山、金蓬山，东有雪栏山、崆峒山、风洞山、藏龙山、笔架山、关山，南有飞龙山、胭脂山，北有琉璃山、观音山，西有马鞍山、辣子山、羊角岭，皆岷山之支脉。薛涛来松州，感觉身在万山圈中。

薛涛后来对妙常说："从来知道受贿有罪，行贿有罪，没听说'传贿'是个罪的。说我爹爹亏空钱粮，真是何患无辞。一个从教的人，何从亏空起来？只是老天做局，合当有事。前一回医我，把我医笑了；这回医我，真把我医哭了。边境太不平静，时有烟尘发生，赴松州这一路行程，又是沟沟坎坎，终生难忘。每临绝壑，我就巴不得眼前有一座桥；每临大山，我就巴不得眼前有一个隧洞。直线距离两三天可以到达的目的地，路上硬是折腾了十天半月，其中艰辛，不能备述。忘不了绝壁上狭窄的栈道，忘不了突如其来的泥石流造成的绕道而行，忘不了悬岩上的坠石。有道是'千年的石头等冤家'，真的是提心吊胆，一路憋到松州，才手拍胸口，喘出一口气来。当时写了两首诗，想寄给韦大人，却一直没寄。诗中'重光'二字，指日月。"

于是吟咏道：

> 萤在荒芜月在天，萤飞岂到月轮边。
> 重光万里应相照，目断云霄信不传。

又

> 按辔岭头寒复寒，微风细雨彻心肝。
> 但得放儿归舍去，山水屏风永不看。

妙常问及松州，薛涛说："松州乃军事重镇，是大唐防御吐蕃的前线，据说松赞干布迎文成公主进藏，曾从这里经过。松州向称川西门户，驻扎着大唐边防部队。"

妙常问及劳军，薛涛说："也就是巡回演出，演出前，不在岗哨的士兵被通知集合到所谓的'广场'，不过是冰雪覆盖的山间空地。士卒破冰取土，垒起土台，安上几根柱子，挂起简陋的幕布，就可以登台演唱。在成都翻唱过的歌曲，如刘采春的《啰唝曲》之类，没想到反响竟那么热烈，全场眼睛炯炯闪亮。唱到'朝朝江口望，错认几人船'那种地方，能引起雷鸣般的掌声，这让人越唱越不累，越唱越想唱，唱到天亮都可以。只觉得台下都是我的亲人，能给他们带去一点欢乐，赴边一行也不枉了。和士兵比较起来，那一路的艰辛算得了什么呢？"

薛涛曾有诗云：

闻道边城苦，今来到始知。

羞将门下曲，唱与陇头儿。

薛涛对妙常说："赴边一路虽然辛苦，然有意想不到的收获，是上苍的补偿。盖岷江发源于岷山南麓之弓杠岭和郎架岭，雪水汇流于松州虹桥关，直下茂州、汶川，《尚书·禹贡》即有'岷山导江'之说。这里是岷江源，也是长江正源。茂、汶下游是都江堰，秦太守李冰父子开创的水利工程，培育了天府粮仓。我成都七十余万人口，饮水皆出岷江。饮水思源，而源在松州。我到松州那天，夜里下了一场大雪，第二天清早，从驿站租了车马，便往川主寺（李冰祠）观赏雪景，路上两边的树林，缀上了星星点点的白花，细看是雪。车往前行，积雪越来越多，不光树上有，地上也有。我惊喜莫名，想停下来赏雪。车夫说，前面还有好的呢。果然，道旁树上的积雪越来越多，全都像塔柏似的，分不出谁是谁。峰回路转，有时看见远处的雪山，近在眼前。马车一直上到弓杠岭才停下来，这时太阳出来，树上的积雪一见阳光，已在滴水，却没有冬季化雪的冷。从松州城到弓杠岭，约有八十里路程。人们都说，这样不期而遇又酣畅淋漓的雪，从来不曾有过。兹游奇绝，实有冠于平生。"

薛涛在松州，巡演结束，一时无事。松州有个参谋姓乌，刚从西川派来的，好与薛涛闲聊。

一天，乌参谋道："韦公真是运气来了，挡都挡不住，摸着天了，高兴着呢。"

薛涛表示愿闻其详。

乌参谋道："早在玄宗天宝年间，杨国忠、鲜于仲通狼狈为奸，颟顸之至，逼得南诏与朝廷交恶，依附吐蕃。后吐蕃入寇，必以南诏为前锋。韦公拜谒武侯祠，从《隆中对》得到启示，定下'开路置驿，联蛮通诏，离间两藩，西御吐蕃'十六字方略。"

薛涛递过一盏茶，道："韦公有战略眼光，站得高看得远。"

乌参谋道："吐蕃实力强大，恒存伺机扩张之心，西线的战争不可避免。军队和粮草的运输，离不开便利的交通，而修好与南诏的关系，也必须发展交通。所谓'开路置驿'，就是在原有基础上，进行修整和开辟，疏通到南诏的两条主要通道——清溪道和石门道，方便商旅往来、茶马互易。加强与南诏的往来，还要通过东蛮各部进行联系，于是韦公又着重招抚了两林、勿邓等东蛮部落，以为耳目，这就是'联蛮通诏'。

"后来，韦公派判官崔佐时出使南诏，释放善意，许以好处，劝其与吐蕃脱钩。崔大使到南诏首府羊苴咩城（今云南大理）后，受到南诏王异牟寻的热情接待，异牟寻答应年内就派所属部落首领访问长安，进贡朝廷。"

薛涛插嘴道："这个我略知一二。韦公与异牟寻，彼此友谊也很好。崔大使访南诏，不止一次呢。"

乌参谋说："是的，因为异牟寻在与韦公的帛书上自称'唐故云南王孙'的同时，又自称'吐蕃义弟'，明明是脚踩两只船嘛。于是韦公第二年又派崔大使到羊苴咩城。崔大使事先探得吐蕃使团数百人亦在南诏，便运用离间之计，散布吐蕃使团的主要目的是伺机劫持异牟寻、另立亲吐蕃的新君的虚假信息。异牟寻信以为真。崔大使趁热打铁，强势宣诏，促使异牟寻尽斩吐蕃使者，去吐蕃所立之号，复归南诏旧名。这一招'离间两藩'逼得南诏与吐蕃决裂，与大唐盟誓，重归旧好。

"至于'西御吐蕃'，韦公更是手到擒来了。先是遣大将王有道，与东蛮联合进军，于巂州（今四川西昌）台登北谷，大破吐蕃之青海、腊城二节度，斩首二千级，生擒贼将四十五人，敌军投崖谷而死者不可胜计。"

薛涛道："正是旗开得胜，马到成功。"

乌参谋屈了拇指，掰下食指，道："可不。此战之后，韦公对吐蕃多有用兵，且是每战必捷，每战必加官晋爵。朝廷筑盐州城（故址在陕西定边），恐被吐蕃偷袭，诏令韦公出兵牵制。韦公令大将董勔、张芬出西山及南道，大破贼将论莽热，歼敌数千人，平堡栅五十余所。"

薛涛连忙递过茶盅，乌参谋呷了一口茶，继续往下说，每数一战，即屈一指。

"韦公收复巂州城，后又累破吐蕃于黎州、巂州。吐蕃赞普不甘心接连的失败，遂筑垒造船，再次发动大规模进攻，又都被韦公一一击破。哎呀，真是指不胜屈了。"

薛涛道："听说韦公进攻维州（今四川理县）时，吐蕃又派了论莽热率十万余人来解围，结果反而中了韦公的埋伏，损兵过半。论莽热本人竟被生擒，献到长安去了。后来咋样了？"

"后来也是依韦公建议，效诸葛七擒七纵孟获之策，从宽发落了。天子当庭痛斥了论莽热一番，而后将其松绑，予以遣返。据说那论莽热当时是汗流满面，无言以对，始终没有抬起头来。"乌参谋感慨道，"诸葛武侯六出祁山，有苦劳没有功劳，而韦公以破吐蕃之功加检校司徒，兼中书令，封南康郡王。我朝开国以来，恩宠无以复加矣。"

薛涛点头称是："这才是'古来青史谁不见，今见功名胜古人'。要论当代英雄，非韦公莫属。"说到这里，薛涛忽然记起摩诃池的事，微微把眼一抬，看了乌参谋一眼，又低下头去，不觉耳根发烧。

薛涛继续说道："安定西南，韦公武略，远在司马相如、诸葛孔明之上。何不继以文韬，效文翁化蜀之举，趁势优选南诏、东蛮子弟，使其寄宿成都石室，教以书数，既令向化，亦是釜底抽薪。学业以三年为期，年年招生。学业既成，可以哪来哪去，亦可本地择业。如是五十年，不愁南诏、东蛮不内附大唐矣。毫不夸张地说，此计可抵百万雄兵。"

乌参谋闻言大喜，道："你的机会到了。"

薛涛说："参谋有以教我。"

乌参谋便教她道："听说你有一首写'犬离主'的诗，这个能派上用场。"

薛涛说："一时游戏之作，写来好玩的，能派什么用场？"

乌参谋说："只需誊写一遍，我来替你张罗。"

薛涛说："这是《十离诗》中的一首，我把十首全抄给你吧。还有刚赴边时写的两首诗，正好一并送与韦公。"

乌参谋说："如此更好。"

于是薛涛照他的指点做了，乌参谋即着人将诗送达西川幕府，递到了玉箫手上。这个抄卷的第一首，便是《犬离主》：

驯扰朱门四五年，毛香足净主人怜。

无端咬著亲情客，不得红丝毯上眠。

玉箫夫人读了几遍，泪流满面，心疼得不得了。听说是薛涛作的，便问人呢。说在松州。于是玉箫便找韦公，说："赶紧把人给我接回成都。"

三月气候转暖，薛涛到松州西南的牟尼沟看二道海，湖水浩瀚平静，天上的云彩像鱼鳞般一片一片，经久不散，成群的鸟儿在空中盘旋，景色美得令人惊叹。次日突降暴雨，山沟溪水暴涨，砯岩转石，震耳欲聋，听得人毛骨悚然。松州军却接到成都府来的调令，令派人着即护送薛涛返回成都。任务愉快地落到乌参谋头上。乌参谋在当地马帮选了两匹好马，雇了一个脚夫，备上鞍鞯，拂晓出发，一路马铃声声向南行。

行至茂州，在驿馆吃罢午饭，忽闻地底传出万马奔腾之声，紧接着一阵排山倒海之响，霎时地动山摇。二人踉跄到屋外空旷之处，乌参谋拉住薛涛席地而坐，只见路人立足不稳，纷纷倒下，四脚爬行。又听得哗啦啦一声，驿馆一排横屋垮塌下来，只见坝子里两棵古槐四下摇晃，如战旗挥舞。四面山谷浓烟升腾，一时天昏地暗，爆裂声、呼喊声不绝于耳。不但薛涛目瞪口呆，乌参谋亦已面无人色。

乌参谋正发愣时，忽听砰的一声巨响，只见一团火球迎面而来，人即瞬间清醒，来不及叫唤，早从背后将薛涛扑倒在地，死死摁住。火过之处，不及躲闪之人俱是头面乌焦，须眉尽失。空中一片焦煳的臭味，甚是难闻。幸而乌参谋只是背部着火，在地上滚两滚，火就灭了。薛涛竟奇迹一般，毫发无损。

少时，人可站立行走。灾民渐渐集聚于县城，惨痛之状不可备述。驿路一片狼藉，马是骑不成了，只好牵着。没走几步，一位乡绅模样的人跌跌撞撞迎面而来，见了没头没脑地说一句："你们终于来了！"乌参谋不认得他，便说："我们是松州来的。"老者一听，火冒三丈，嚷道："茂州的父母官呢，都睡着了？松州的官儿都到了，本地的官儿呢？"一路骂骂咧咧，向附近村庄赶去。

薛涛对乌参谋说："不要急着走路，须得了解灾情。"遂到灾民群中问询情况。一个说："全村都沉到地下去了，对面的山扑过来，人都完了，只有一个亭子悬在岩上。现在河面与地面平齐，无路可走了。"一个说："地震来时，我慌忙抱了娃娃拼命跑，眼前裂出一道地沟，跳过，又裂出一道地沟，又跳过，这样连跳几条沟，逃得一命。可怜手中的娃娃，几时跳掉了的，居然晓不得。"说罢自己打着头，且呜呜地哭起来。下一个说："我看震得凶了，赶紧跑出屋外，刚到台阶，正要下脚，忽见下面的台阶自动迎了上来，把人魂都吓掉了，昏过去又醒过来。听说隔壁家的几个孩子在山坡上玩，竟从这面山甩到那面山去了。"

乌参谋对薛涛说："我一辈子没见过这样的阵仗。以往都是微震，小打小闹，这个烈度实在太大了。不是亲身经历，怎么都不敢相信。"

二人回到成都，如实禀报灾情。韦公即派专员前往调查，收集各种数据，对灾区进行赈济，决定蠲免三年租税。详情不表。

薛涛惊魂甫定，便被玉箫唤去，见面就问《犬离主》的写作缘起。

薛涛说："我养过狗，最不喜欢主人遗弃猫狗的行为。有一次我看见一条小狗，围着一辆油壁车团团转，女主人就是不开车门，车夫赶着车就跑，尽那狗可怜巴巴在后面追。我看得很揪心，就写了这首诗，诗中事是想当然的。"

玉箫夫人说："这是仁者之诗，往后你多跟我聊聊诗吧。"

时合江亭竣工，已对游人开放。一天，薛涛陪玉箫夫人登亭，遥望两江汇合的下游，有一座仿鲁班的九眼石桥。

夕阳西沉，晚霞满天，一阵笛声悠扬。玉箫夫人见薛涛陷入沉思，便问她在想什么。

薛涛指着芦苇丛生的对岸，道："此处好风水，若能起一座吟诗楼，将来必为成都地标。等我以后赚到足够多钱，再在旁边挖一口精致水井，届时请玉箫夫人和韦公登楼品茗吟诗如何？"玉箫夫人道："哇，也太浪漫了一点。"

后来薛涛被调往石室府学任教，课南诏群蛮子弟以汉语，开课两门，一门《道德经》，一门《诗经》。薛涛说："年轻人，请记住吴筠先生对玄宗皇帝讲的话，深于道者，唯《道德经》五千言，其余徒费纸札耳。"

薛涛又说："年轻人，为什么不学诗呢！孔夫子对学生说：'小子何莫学乎诗？'孔夫子对儿子说：'不学诗，无以言。'一天不学诗，照个镜子都觉得面目可憎，对人说话，都干瘪瘪招人讨厌。学诗的好处，四个字概括完，就是'与乐拔苦'，晓得欣赏人生，也晓得怎样释放负面情绪。"

南诏群蛮的学生，上课前都争着抢占前面的座位，下课后都争着要老师签名，有个南诏学生还要求在签名上赐呼"诺舍布"——承诺的诺，舍得的舍，布施的布。

有些汉族学生，也站在窗外旁听。

第九回

变陵谷蜀道生乱

承大统元和中兴

公元805年是唐王朝的多事之秋。

这一年是唐贞元二十一年。在长安，正月二十三日，德宗皇帝驾崩。二十四日遗诏宣布，传位于太子李诵，改元永贞，所以这一年又称永贞元年。不过再无永贞二年。

原来李诵为太子，整整熬了二十五年，受过一些惊吓。熬到快出头的前一年（804），他突然中风，倒床了。新年正月初一，各宗室、外戚皆来宫中朝贺，唯独太子缺席。皇帝怄了气，于是一病不起。

李诵登基，是为顺宗。顺宗因病喑哑，不能临朝听政，任由东宫时的亲信王伾、王叔文干政。于是形成以"二王"为中心的小集团，其中包括了刘禹锡、柳宗元及韦执谊等人。

二王、刘、柳等人推行新政，史称"永贞革新"。新政损害了保守派的利益，动了宦官的油糕。于时暗流涌动，各方都紧盯着皇帝的身体。

在剑南西川，韦皋因突感风寒，卧病在床。夜来做了一梦，恍惚骑在马上被吐蕃军队追赶，登上一座背山面水的高地，两面都是深沟，上面有个操场一样的平坝，似曾相识。中间立着一块石碑，上刻三个隶体字曰"五丈原"①。马将跳岩，人就醒了。

次日，韦皋感觉较前为轻松。左右入内通报，刘副使已从长安返回成都，即令晋见。同时着人传唤实领校书事务的薛涛备上纸砚，到场笔录。

刘辟请安既毕，言归正传道："既至京师，先谒见王叔文大人，不料韦执谊大人在场。我故作嗫嚅之状，王大人喝道：'有话就讲，不必碍口。'我便直说韦太尉向大人请安，并捎了几句话来。话到嘴边，又打住。韦相国见状，便识趣地退至外间，我便斗着胆子，压低声音，对王大人耳语道：'大人如若能助太尉一臂之力，使太尉统辖剑南三川（指剑南西川、剑南东川，加山南东道），将来大人有事，就是太尉有事；凡大人之所吩咐，太尉不敢不尽心尽力！'王大人脸上就挂不住了，拿话刚我：'如

①　五丈原：古地名，在今陕西岐山南斜谷口西侧。三国蜀诸葛亮伐魏，病卒于此。——编者注

不其然呢？’”

薛涛不由正襟危坐，摹了一句道："如不其然呢？"

刘辟道："我也拿话刚他：'如若不然，则与大人结子孙仇矣。'"

薛涛瞪大两只杏眼，心想："你作死呀，刘兄。"

韦皋仰面垫高了枕头，眯缝起眼睛，不动声色，示意刘辟继续往下讲。

刘辟说："我没管那么多，只听王大人喝一声：'小子无畏，何敢口吐狂言！来人哪，推出去砍了。'顿时上来四个武士，将我死死摁住。我脑子一片空白，不料韦相国突然从外间闯进屋来，向王大人努嘴使眼色，对武士发话：'带下去关起来！'这才是一块石头落地，我就知道死不了了。"

薛涛一面速记，一面问道："后来呢？"

刘辟道："后来韦相国背着王大人，对我好言相慰道：'东川的事，王大人也不能代皇上做主，更不要提山南东道了。回去后，请代我向太尉多多问候。'于是松绑，把我给放了。"

"原来韦相公与王叔文也不是一条心。"薛涛道，"记下了。"

于是二人将目光转向韦皋，等于请示。原来韦皋治蜀二十一年，重赋敛以事月进^①，向下则封官许愿：部下晋升到一定程度，则奏为属郡刺史，或留在幕府上班，不让其到朝廷任职。此次派刘辟入朝奏禀，即请恢复开元旧例，将东川归属西川，以增加职数。殊不知革新派当政，不予理睬。

韦皋突然记起残梦中"五丈原"三个字来，语转伤感道："年纪到此，可以死矣；名位至此，可以死矣；上对得先人，下对得妻子，可以死矣。不过是想安排好你，还有你，还有鞍前马后一大帮子兄弟。'神龟虽寿，犹有竟时；腾蛇乘雾，终为土灰。老骥伏枥，志在千里；烈士暮年，壮心不已。'如之奈何！如之奈何！"

刘辟道："王叔文小人得志，人情不附，势不可久。韦相国虽因叔文拜相，但并不和他穿一条裤子。在处理宣歙巡官羊士谔一事上，两人即各持己见。仆今戴头而还，全靠韦老人家。今皇帝重病在身，犹一苗残烛，摇曳风中。太尉乃国家重臣，可议社稷大计，不如抢先一步，上表本家相国，即请太子监国。迟早的事，首倡者可立头

---

① 月进：地方官吏逐月向朝廷的进贡。

功。太尉百尺竿头，又立新功矣。"是时，太子为李纯，乃顺宗皇帝的长子。

韦皋若有所思，半晌，方道："也好。你们两个，各代我草一表一笺吧。"

于是分工，刘辟知薛涛文辞在自己之上，遂请草拟《请皇太子监国表》，文曰：

"臣闻上承宗庙，下镇黎元，永固无疆，莫先储两。伏闻圣明以山陵未祔，哀毁逾制，心劳万几，伏计旬月之间，未甚痊复。皇太子睿质已长，淑问日彰，四海之心，实所倚赖。伏望权令皇太子监抚庶政，以俟圣躬痊平，一日万几，免令壅滞。"①

薛涛则代草《上皇太子笺》，文曰：

"殿下体重离之德，当储贰之重，所以克昌九庙，式固万方，天下安危，系于殿下。皋位居将相，志切匡扶，先朝奖知，早承恩顾。人臣之分，知无不为，愿上答眷私，罄输肝鬲。伏以圣上嗣膺鸿业，睿哲英明，攀感先

①　这段文字大意是：我听说上承宗庙，下安黎民，国运久长，没有比储君更重要的。又闻圣上守孝期间，心情悲痛，日理万机，龙体欠安，需要较长时间休养。皇太子睿质长成，威信渐高，四海之心归附。恳请暂许皇太子监国，以利于陛下龙体康复，每日万机，不致贻误。

朝，志存孝理。谅闇之际，方委大臣，但付托偶失于善人，而参决多亏于公政。今群小得志，黩紊纪纲，官以势迁，政由情改，朋党交构，荧惑宸聪。树置腹心，遍于贵位；潜结左右，难在萧墙。国赋散于权门，王税不入天府，亵慢无忌，高下在心。货贿流闻，迁转失叙，先圣屏黜赃犯之类，咸擢居省寺之间。至令忠臣陨涕，正人结舌，遐迩痛心，人知不可。伏恐奸雄乘便，因此谋动干戈，危殿下之家邦，倾太宗之王业。伏惟太宗栉沐风雨，经营庙朝，将垂二百年，欲及千万祀；而一朝使叔文奸佞之徒，侮弄朝政，恣其胸臆，坐致倾危。臣每思之，痛心疾首！伏望殿下斥逐群小，委任贤良，悾悾血诚，输写于此！"①

---

① 这段文字大意是：太子殿下肩负着储君的重任、天下的安危。臣皋位居将相，志在匡扶，承先主眷顾，恩遇有加，理当知无不言，才是报恩的道理。今圣上继承大统，竭尽孝道。因为身体缘故，把朝政托付给大臣。但托付偶失于善人，而参决多亏于公政。今群小得志，使纪纲紊乱，官以势迁，政由情改，朋党交构，蒙蔽圣上。安插亲信，遍于贵位，里通左右，非常危险。国赋归于权门，税收不入国库。致使忠臣流泪，君子结舌，远近痛心，人人知其不可。令人最为担心的是野心家伺机而动干戈，危及殿下之家邦，毁掉太宗之基业。回顾太宗创业，冲风冒雨，经营国家，将近二百年，希望传之万代。如听任王叔文之流，侮弄朝政，肆意妄为，必致国家倾覆。我每每念及此处，就痛心疾首。切望殿下斥逐群小，委任贤良。臣满心凄惶，就写这些。

表笺既成，由薛涛读给韦公听。韦公点头后，即以羽书快递，送达京师。

　　当时，荆南节度使裴均、河东节度使严绥，均不约而同在各自的地方草表劝进太子。剑南西川的表笺先到，抢得头功，太子以优宠的敕令予以答谢。裴均、严绥笺表随后上达。其时顺宗病情日重，不能理事。因舆论先行，于是政归太子。

　　话说在此期间，段文昌也从灵池县回到幕府，做了参谋随军。一次奉命去长安出差，顺便探访故人刘禹锡。刘禹锡时为屯田员外郎，正和一个占卜的人交谈。文昌求见，占卜的人暂时躲到竹帘后面。刘禹锡、文昌两个茶叙些时。文昌走后，占卜的从竹帘后出来，对刘禹锡说："员外想探问官运，希望还很遥远。须等十年以后，刚才来的这个人做到宰相，员外才有可能升为本曹正郎。"

　　接着就发生了一系列清算事件：王叔文丁母忧还乡守丧，王伾突然中风，宦官俱文珍、刘光琦与韦皋、裴均、严绥等几大节度使里应外合，迫使顺宗禅位，史称"永贞内禅"。革新派失势后，王叔文、王伾即遭贬逐，刘禹锡、柳宗元、韦执谊等八人也都被贬到远僻地方任司马。

　　这年八月，岷山雪崩。雪崩翌日，韦皋薨于成都，终年六十一岁。八天以前，顺宗皇帝传位太子李纯，太子正式即位于宣政殿，即宪宗皇帝。天子闻耗，下令辍朝五日，追赠韦皋太师，谥号"忠武"。

遵照韦皋遗嘱，刘辟以度支副使代理节度事务。

薛涛则陪在玉箫夫人身边，主办丧事，协理家务。清理韦公遗物时，她发现一个奏折，皮面书着一列楷字："荐薛涛为剑南西川幕校书表。"

打开折子，空无一文。

第十回

青城山薛涛受箓

剑南道刘辟伏诛

成都。

韦公大殡既毕，道场方散，刘辟便抖起来，令薛涛十分担忧。

他重金请来画工，为自己画了一张标准像。符载为之题赞曰：

> 矫矫化初，气杰文雄。
>
> 灵螭出水，秋鹗乘风。
>
> 行义则固，辅仁乃通。
>
> 他年良觌，麟阁之中。

符载更劝刘辟重修惠陵（刘备墓），于是刘辟以汉皇叔后裔自居。

段文昌看在眼里，对薛涛说："荒唐，若把韦公比作一头雄狮，他充其量不过一只鬣狗而已。"

接着，刘辟下令扩招官伎，举办西川风情节选美。

刘辟本人亲自审阅方案，确定初赛、复赛、决赛时间，并进行人员分工，聘请评委。薛涛虽受了聘书，到时候却称病，并不到场。

决赛之日，摩诃池上仙乐飘飘。薛涛对妙常说："杜工部诗云：'锦城丝管日纷纷，半入江风半入云。此曲只应天上有，人间能得几回闻。'花卿在世，大概就是这个样子。"

大赛结束，选出金花一名，银花一名，芙蓉花一名。刘辟将金花姹紫、银花嫣红一并收入房中。薛涛、段文昌等闻讯，相视以目，而左右则称贺，时人戏题曰"铜雀春深"。

刘辟还率成都将校，逼迫监军使，上表要挟天子即宪宗皇帝李纯，请授自己节度使之职，以顺应军心。

薛涛私下面见刘辟，说："不可。"

刘辟道："节度使薨，天子着中使抚慰将士，照军中将士的意愿，授众望所归者以节度使旌节，这是肃宗乾元之初的旧例了，有何不可！"

表上，圣旨下，授刘辟为给事中，令赴朝中就任。同时任袁滋为剑南东西川、山南西道安抚大使，不久又迁任同平章事，充西川节度使。

薛涛道："如之奈何？"

刘辟断然拒绝领旨，对左右道："宁做西南王，不为给事中。区区调虎离山之计，少给我玩这一套。岂不闻'蜀道之难，难于上青天'？岂不闻'一夫当关，万夫莫开'？把守好剑门关，我看哪个敢来！"

刘辟的强悍镇住了袁滋，故袁滋于赴任途中逗留迁延，不敢靠近剑门关。天子一生气，立马下旨，贬袁滋为吉州（今江西吉安）刺史。又下了一道圣旨：改授刘辟为剑南节度副使，知节度使事。

刘辟从中使手中接过圣旨，提在手中晃了晃，对左右道："负心天子，恁不痛快！明明都'知节度使事'了，还加一个'副'字，看着直是扎眼。"

薛涛相劝道："话可不能这样说，刘兄，皇帝都蜷一只脚了。"

摩诃池上，刘辟请薛涛下棋，且下且问："今日之事，还有何见教？"

薛涛说："老兄既有此问，只得竹筒倒豆子了。说得不对，沙滩上写字，抹了就是。柳宗元虽被贬，但不要以人废言，《封建论》真是好文章，老兄不妨一读。文中说："唐兴，制州邑，立守宰，此其所以为宜也。然犹桀猾时起，虐害方域者，失不在于州而在于兵，时则有叛将而无叛州。州县之设，固不可革也。'①可谓切中时弊。刘禹锡诗云：'人世几回伤往事，山形依旧枕寒流。今逢四海为家日，故垒萧萧芦荻秋。'耐人寻味。

"天下一家，民族团结，没有比这两样更重要的了。分裂动乱哪点好？自高祖完成统一大业，迄今二百年矣，百姓安居乐业，哪一点不好？安史作逆，已遭天诛，诸镇当共勤王事，岂可各怀二志！再者，老子说：'圣人处无为之事，行不言之教；万物作焉而不辞，生而不有，为而不恃，功成而弗居。夫唯弗居，是以不去。'主动就被动，被动才主动。依我之见，何不虚位以待，等天子出牌？"

刘辟脸上的笑容消失，争辩道："天王老子也得凭实力说话。"

薛涛道："一时强弱，在于实力；千古胜负，在于道理。宁使屈在人，不可屈在我。孟子说：'得道者多

---

① 这段话翻译成白话是：唐朝建立，设置州县，任命长官，是其做得正确的地方。不过，仍然有凶残狡黠的人不时发动叛乱，侵州夺县。其过失不在于设置州县而在于藩镇拥有重兵，那时有叛变的藩镇而没有叛变的州县。设置州县的办法，是一定不能变的。

助，失道者寡助。寡助之至，亲戚畔之；多助之至，天下顺之。'局势千变万化，而运数无常。以少胜多，以弱胜强的事，古往今来，多了去了。"

刘辟道："天子对河北三镇，是下了炮蛋的。何以这回对西川，钢口就这么硬？是不是夜半摘桃子，专拣炮的捏？是不是觉得姓刘的好欺些？做不做节度使倒也没啥，只是太憋屈了！"

薛涛道："识时务者为俊杰，退后一步自然宽。"

刘辟道："那么，容我再想一想。"

薛涛见话不投机，说不进油盐，便趁势卖个破绽，虚应一招，将棋盘一推，神色黯然道："此局输了，没有救了。"于是告辞。

刘辟亦无心再弈，遂吩咐送客。

元和元年（806）正月，刘辟背脊发痒，上表旧话重提，要求统领三川。并发兵围东川节度使李康于梓州，唤来同幕的卢文若说："汝可以取而代之。"

段文昌对薛涛说："开弓没有回头箭，这回他要披逆鳞了！"

长安。

天子在延英殿，于宝座之上，对大臣说："朕尝读列圣实录，见贞观、开元故事，神往不能释卷。自忖万倍不如先圣，亟须列位辅佐，不敢自专。安逆作乱以来，方镇之权日重，朝廷威信日渐，政令不出京畿。蜀中刘辟，又恃险要挟，不受节制，你们说怎么办？"

宰相杜黄裳出列道："决不姑息。是可忍，孰不可忍！"

右谏议大夫韦丹说："如果放过刘辟不诛，将来朝廷可以指臂而使者，只剩两京了。国将不国！"

天子道："卿言甚是。但朕有这个力量没有？朕有这个胜算没有？"

杜黄裳答："姑息没有，硬上就有。臣视刘辟，不过一猖獗书生，王师鼓行而俘之，如拾草芥尔。臣知神策军使高崇文，骁果可任，陛下专以军事委之，免使监军，则举必成功，刘辟可擒。"

天子将手往案上一拍，道："那就硬上。"于是宣旨，令高崇文、李元奕将神策京西行营兵相续进发，与严砺、李康掎角相应，讨伐刘辟。当时名将骁勇善战者甚多，人人以为自己会被朝廷选中。时天色未明，中使到长武城宣读圣旨，一军皆惊。

崇文领旨，天明发兵五千人，武器装备无缺。

天子同时发布圣谕，允许刘辟自新。

成都。

刘辟闻讯，打鼻孔里哼了一声，道："这个陛下，你以为你是谁？兵来将挡！"即着卢文若分道发兵，来了个出其不意，一举攻陷梓州。

东川节度使李康弃城逃走，遂被刘、卢伏兵生擒。

于是刘辟任命卢文若任东川节度使，进而招兵买马，把守关隘，准备迎击官军。

薛涛见事态一发不可收拾，遂与妙常商议。恰闻青城山上清宫正招募道士，遂拟趁机申请加入道籍，以撇清关系。

青城山乃青城县之南山，带江背郭，绵延百里，群山环聚，青翠四合，朝烟溟蒙，树色山光，望之若城郭围绕空际，故曰青城。相传黄帝于此问道，张道陵于此讲授丹经。其后信徒向慕，竞来清修，帝王庶士，亦多幸游。于是青城之名益彰，而道书艳称，或曰"神仙都会"，或称"宝仙九室之天"，世人遂视山中为仙境。山中丘壑之奇，坛庙之盛，古迹奇观，不可胜数。群峰以大面山为主，山势陡峻，云蒸雾漫。冬季积雪，如银海玉山。古迹有掷笔槽，深数十丈，相传为张天师戒鬼笔迹。胜观有圣灯峰，每值晴霁，光焰熊熊，飞行各岭，旋归故处而灭。

道箓由妙常亲笔书写，请青羊观贾天师荐举于上清宫。授箓仪式由甄道长主持。仪式极为烦琐，初受《五千文箓》，次受《三洞箓》，次受《洞玄箓》，次受《上清箓》，箓皆朱字素书。受箓者必先洁斋，然后赍金环一，并诸贽币，以见于师。师受其贽，即以箓依次授之。仍剖金环，各持其半，云以为约。再经过七天斋戒，仪式才算完成。

薛涛、妙常居粉竹楼，楼外是成片的毛竹，又称巨竹。夜里听见噼噼啪啪的声音，妙常说，竹子正在拔节，粉竹一夜能长数尺之高。妙常让薛涛随意挑选一根粉竹，约莫碗口粗细，她自己挑选另一根，说道："你那根竹子分叉第一节有一根枝杈，是母竹；我的有两根枝杈，是公竹。"薛涛说："竹子还分公母？从来没听说过。你别净吃魌头①。"

女道士着装大体规制：芙蓉玄冠，黄裙，柳黄帔，足登靴履。冠、裙、帔等均有特定的含义。冠以法天，有三光之象；裙以法地，有五岳之形；帔法阴阳，有生成之

① 魌头：本指古代驱鬼逐疫时的面具，用后弃之若敝帚，古引申为便宜的东西。吃魌头，占便宜之意。——编者注

德。总谓法服。服色上，华而不艳，丽而不俗。帔袖宽松，感觉舒适。歌舞艺人或着演出服装，民间妇女或着道装，总为其新潮时尚也。每当天气晴好，又逢上清宫闭宫休息之日，薛涛便与妙常身着道服，上山走秀，自娱自乐。又作《试新服裁制初成》三首，诗曰：

紫阳宫里赐红绡，仙雾朦胧隔海遥。

霜兔毳寒冰茧净，嫦娥笑指织星桥。

又

九气分为九色霞，五灵仙驭五云车。

春风因过东君舍，偷样人间染百花。

又

长裾本是上清仪，曾逐群仙把玉芝。

每到宫中歌舞会，折腰齐唱步虚词。

逍遥复逍遥的日子过了不到十天，薛涛就心生烦恼。因为听不到一丝儿外间的消息，觉得成了聋子，成了瞎子，薛涛便对妙常说："这样与世隔绝，到底不是个长法儿。"于是一阵耳语，说好妙常出面，到青城驿物色一个邮童做耳目，随时打探时局动态。

妙常来到青城驿，找到驿丞，递上书信，道明来意。少时，驿丞带她出驿店后门，便是一面坡，远远地望见一个汉子，挑着水桶，唱上冈来。只听唱道："天上大雨落，出门打湿脚。劳慰公公挑挑水，那话不消说。"驿丞说："这个后生，极是灵醒。"当即谈好条件，稍与时间准备，不表。

两天后，妙常领回后生。薛涛打量其人：系着砖顶头巾，身着带背，腰拴搭膊，下身布裤绑腿，额前有一条刀瘢，状貌恭谨。问他何方人氏，那后生操本地口音，笑吟吟道："我姓董，叫我小董吧。我认识大娘子，永远记得的。那时你更年轻。在松州，你给我们唱过《如意娘》，还唱过《拜新月》，还唱过《鹊踏枝》，没有个不喜欢听的。"

薛涛笑道："还有这个缘分。如何做起邮童来了？"

那后生道："我那时人小，'去时里正与裹头'嘛，和诗里说的差不多。后来从死人堆里爬出来。"

薛涛问："你怕吗？"

小董道："从死人堆里爬出来时，已经不怕了。才上战场时，没有个不怕的。头一次上阵前都要灌一大口酒，伏在战壕里，不许作声。号角一吹响，都站起身来举起刀枪，黑压压一片，乘着酒劲麻着胆子往前冲。接着箭如雨下，人都像草一样，成堆地倒下去。又听得敌方摇旗呐喊，番兵如雨后春笋般从树后边、掩体后边、灌木丛后边冒出来。箭雨忽然停了，接下来是相互砍杀，如砍瓜切菜，杀声震野，鬼哭狼嚎，人仰马翻，血流成河。半膝深的血水平淌，命都豁出去了，也就不晓得怕了。"

妙常道："吓死人，不要讲了。"

薛涛问："后来呢？"

小董道："后来枪尖也折了，刀锋也卷了，声气也小了，接着是拳击肉搏，相扑扭打，喘气咒骂，只想掐死对方，压死对方。接着是悄无声息，人事不省。大娘子没见过厮杀，不知道啥子叫'尸横遍野'。我给你说吧，活人站着是不占地方的，一倒下去就占地方了。一场厮杀过后，没有不人重人、尸重尸的。我个子小，压在底下，装死，大月亮的晚上，就从死人堆里爬出来，捡了一条命，且手脚完好，谢天谢地。为了生计，后来做邮童。打仗有啥好？我是个兵，当然不知道大将军怎么想。"

薛涛对妙常道："好，还有点文化。快给小董看茶。"

薛涛进房开了箱笼，取了五十两银子。回到外间，放在小董面前，道："我雇你。你要做的事情，就是请客吃饭。凡从前方来的过客，都可请吃请喝，掏他嘴里的话，凡是与战局相关之事，都可以打探。根据情形缓急，随时报与我知道。"

小董道："哪消这么多银子！"

"这是定金。事成之后，再做结算。"语罢，薛涛又吩咐道，"成都九天一都茶楼老板娘芝兰，最是消息灵通之人。你带上我写的纸条儿，前去找她，留心打探消息。将两下收集到的情报汇总后，及时反馈于我。事办好了，我不会亏待你的。"

以后是一段时间的等待。在静候消息的日子，薛涛就去近邻的造纸作坊打发时光。造纸师傅告诉她，原料系就地取材，青城山的竹子，裁截浸泡百日，去掉青皮，置入篁桶，与石灰一起蒸煮八天八夜，舂成泥状，拌作一池纸浆。舀纸的工序，相当神奇。只见师傅将模具放入槽内，不停摇晃；再将模具里白生生的纸浆摊平，使纤维交织均匀；然后倾斜模具，让水从四周流尽，剩下薄薄一层纤维；最后将模具倒扣在湿毛毡上，一张纸就历历在目。如此周而复始，竟能百看不厌。

一天，薛涛正看师傅舀纸，妙常忽然来到，叫她赶紧回去。原来小董来了。薛涛看他风尘仆仆的样子，便叫妙常看饭。小董说在前山歇脚时，已打过中火。便叫上茶。小董接了茶瓯，吃了两口，说："近来馆驿南来北往的人多，消息也多。都说高崇文大人率军，从阆中西面插入，攻进剑门，击退蜀军，解了梓潼之围，进而屯军梓州。天子降旨，已拜高大人为东川节度使。又降旨，罪责刘辟大人，并削夺其在身官爵了。"

薛涛打断小董的话，对妙常说："刘辟这回是遇到尖尖石头了，会叫的狗不咬人。据我所知，这个高崇文，祖籍渤海，生在幽州（今北京一带），少年时代投身平卢军。德宗皇帝贞元年间，随韩全义镇长武城，治军有名声。曾大破吐蕃三万余人于宁州（今甘肃宁县）佛堂原，杀敌过半。韩全义入觐朝廷，他掌行营节度留务，迁兼御史中丞。"

小董接着说："就是就是，高大人了得。刘辟已乱方寸，想要缓颊，提出交换战俘，竟将先前活捉的东川节度使李康送至高大人部。殊不知高大人并不领情，竟厉责李康治军不力，擅离职守，接过人后即喝令推出辕门斩了，并逐回使者。这几天严大人（严砺）也攻入剑州（今四川剑阁），与高大人会师，一路纵深推进，势如破竹。"

薛涛将大小不等的几个空杯翻转，扣在桌上，取出几支筷子，摆了一个沙盘，指着一个高杯，对小董说："这是鹿头山，在成都北面大约一百五十里地，乃扼两川咽喉之要地。料定这里将有一场大战、恶战、决战。两军最新情报，务必下细打探。"

小董道："大娘子放心，鹿头山有个驿站，有哥们儿在那边当差，这几天我就投靠他去，情报一准无误。"

于是薛涛又取出三十两银子，塞与小董，叮嘱他招呼客人，出手尽管大方。

近邻的造纸作坊因扩大生产规模，竹子需求量增加，原来山农定期送的货，现已满足不了需求，于是作坊组织青年工人上山伐竹。薛涛觉得新鲜，便跟着上山去转转。天气晴好，漫山遍野的竹子密不透风，遮天蔽日。那些工人选好竹子，砍来捆扎好以后，雇了骡马脚夫，从山里运往作坊。遇到有人家的地方，薛涛也伺机做些随访，以便了解当地民情，熟悉山区的地形地貌，渐渐了如指掌。

八月的青城山，天气很反常，经常晴雨不定，有时雷电交加。中秋前竟下了一场冰雹，把竹枝竹叶打得满地狼藉。等候小董的那些日子，薛涛经常把自己一个人关在屋里，下两个人的棋。下到最后，总是把棋盘一推，自语道："没救了。"

一日，雨过天晴，天气变得出奇地好。薛涛早起梳洗已毕，出门看天，千竿翠竹衬着湛蓝晴空，万道阳光从竹叶间洒下来，人的心情也豁然开朗。午前，小董来了。多日不见，薛涛观其神色，便知胜负已分，并无悬念。

小董开口第一句便是："高大人已经坐在成都府了。"第二句则称饥渴得紧，见桌上有一盘枣子，胡乱抓了一把，咯嘣咯嘣先吃起来。转身之间，妙常已将两个馒头、两个咸鸭蛋、一条红肠、一碟腌菜、一大碗小米粥摆到小董面前。

小董吃饱喝足，额头刀瘢发光，便借桌上的杯箸，摆成一个简易沙盘，解说两川战役概况："这边是鹿头山，这边是万胜堆，这边是岷江，这边是沱江。

"刘辟手下几员头目，扎了八个营栅，张成掎角之势抵御高大人的官军。第一仗官军大胜，打垮川军两万人。虽然天公不作美，大雨如注，官军无法登山，但高大人命本家骁将高霞寓擂鼓，士卒冒着山上倾泻而下的滚木礌石，攀着草木硬上。敢死队接二连三地冲锋，终于拿下万胜堆。"

薛涛插嘴道："指错了，那不是万胜堆，这里才是。"

小董道："是，是这里。官军一仗打出了士气，接着一连打了八仗，那是每战皆捷。当地老百姓亲眼看见川军头领带头逃跑，引得全线兵败如山倒，一蹶不振。与之形成鲜明对比的是，官军中有个番将叫阿跌光颜，本与高大人相约行营会合，结果延误了一天，他恐遭军法处置，遂自作主张，深入虎穴，进军鹿头西大河之口，以断绝叛军粮道。绵江栅叛将李文悦大骇，遂以三千人归顺。继而鹿头山叛将仇良辅举城请降，投诚者达三万众。"

薛涛道："不对，他那里只有两万人。"

小董点头道："是两万人，我说快了点。仇良辅将监军的刘辟之子刘方叔、女婿苏强抓起来，系送王师。当时缴械投降的叛军士卒，队伍长达十数里。德阳等县城虽有重兵把守，莫不望旗率服，师无留行。阿跌光颜就此荣立大功，高大人军因得长驱而至，直指成都。"

薛涛插话："这里有个凶险的关隘，叫白马关，东汉建安十九年（214）刘备夺取西川最后一场恶战的战场

125

就在这里。刘备打赢这一仗，成都就拿下了。不过代价也很惨重，军师庞统被一箭射死在这里，地名叫落凤坡。高崇文是会带兵的人，他肯定打赢了这一仗的。"

小董咂舌道："想不到大娘子对地理这么熟！"

薛涛说："小时候念书，阿爹要求'左图右史'，地图是常看的。养成习惯了，不看不能了然于胸。请继续讲，后来刘辟咋样了？"

小董道："刘辟失魂落魄，卢文若也失魂落魄，仓皇之间，计无所出，遂带着重宝和数十骑兵，向西出逃，投奔吐蕃。吐蕃打算接纳，不料官军高霞寓追兵跑得更快，在一个叫羊灌田（在今四川彭州境内）的地方，眼看追上了。大河又没有窠盖盖，刘辟情急，就跳到河里去了。官军中的骑将郦定进水性好，又把他从水里捞起来。卢文若跳河时，在身上绑了石头，连尸体都没有捞到。石头恁重，咋个找得到嘛！喂鱼了呗。"

成都。

高崇文功居第一。于是天子降旨，授崇文检校司空、成都尹、剑南西川节度使等官职。

严砺功居第二。天子降旨，授严砺任东川节度使。

严砺得意之际，在酒桌上自我调侃道："我做了这么多年的官，今天终于才有幸在西川做了草市长。"原来当时西川地位比东川要高，所以西川人说俏皮话："梓州嘛，不过是我家东门外的草市，不可以和成都相提并论的。"

长安。

高崇文活捉刘辟，将其押送京师，路上也没有为难他。刘辟一路饮食自若，被押解到京西临皋驿，左右神策兵士用帛带套住他的头，捆绑了他的手脚，押着他走。刘辟还说："不能这样对待我吧？"兵士诳他道："暂时委屈一下。"下到刑部狱中，刘辟才想起薛涛在摩诃池上说的那些话，深恨世上没有后悔药吃。

开庭之日，天子派宦官去审讯。宦官责问刘辟为何谋反，刘辟辩解说："臣不敢谋反，是受了五院子弟裹胁，臣不能制伏他们。"宦官又质问："天子派遣中使送旌节官告与你，你为何拒收？"刘辟无言以对，这才画押服罪。

天子亲自判决："刘辟生于士族，敢蓄枭心，驱劫蜀人，拒扞王命。肆其狂逆，诖误一州，俾我黎元，肝脑涂地。贼将崔纲等同恶相扇，至死不回，咸宜伏辜，以正刑典。"

于是献俘于太庙、郊社，将刘辟及其儿子刘超郎等九人游街示众，一并处斩于子城西南隅独柳树下。文豪韩愈当时写了一首《元和圣德诗》，对行刑细节描述详备，显然是作者的得意笔墨。

抄本传到青城山，薛涛读了，不悦道："可恨之人亦有可悲之处，何必刻薄如此。"扔到一边，不肯再读。与妙常各抄《黄帝阴符经》一份，暗中备些香蜡纸烛，到后山找个地方，悄悄烧埋，以为超度，愿其来生做个好人。

第十一回

西川幕薛涛荐士

枇杷巷崇文问诗

高崇文大军从北门入成都。

其日天朗气清，将士集合于大道，军令严肃，鼓角齐鸣。

段文昌率西川幕府官员，封好节度使印信和符节，在北门大桥迎候。成都百姓举着花花绿绿的旗旗，夹道欢迎。

成都府内珍宝山积，市井秩序井然。崇文下令将幕府中的贵重财物封好，又将幕府官吏招集起来，训话道："刘、卢二贼背叛朝廷，罪在不赦，然与西川官吏和百姓并不相干。官军进城，为的是维持社会秩序，所有官吏和百姓都可照常过日子。我只萧规曹随，军府事无巨细，一律按韦公的方式，照章办理。"

又于各处街道坊市张贴安民告示。成都的百姓都非常喜悦，争着箪食壶浆，犒劳官军。崇文推让不受，道："军需物资不缺，无须大家破费。"百姓皆大欢喜。

崇文在西川府翻阅幕府花名册，指着"薛涛"名字问："这个女才子名气很大哟，人到哪去了？"

判官说："刘辟谋反，她劝不动，便上青城山做道姑去了。"

崇文说："这个女人有政治头脑，殊为可敬，派人尽快接她下山。"

摩诃池上，崇文正在遛马，得到通报说薛涛到了，立即翻身下马，步迎上去，见面就说："卿为女流，然名字如雷贯耳，若非胸怀大局，才艺过人，怎能达到这种程度？初次见面，送我一个见面礼吧。"

于是薛涛请侍者取过笔砚，从容书写道：

惊看天地白荒荒，瞥见青山旧夕阳。

始信大威能照映，由来日月借生光。

小字注曰："乱定后上高相公。青城女冠薛洪度敬祈两正。"

崇文览之大喜，道："我这人文化程度不高，但极是'崇文'的。下回你们组社玩诗，不要忘了叫上我这个大老粗。"

崇文拿出一份名单，上面皆是西川幕府公务要员，道："且说说这几人中，哪个最贴刘辟？"

薛涛指着名单说："这个房式出身名门，房琯之侄，韦公表为云南安抚使，兼御史中丞。韦公走后，诏除兵部郎中。刘辟以下犯上，他实难脱身。"

崇文道："暂时按下不表。"

薛涛指着另一个名字道："这个韦乾度，资历甚老，与裴相公同年进士及第。佐韦公幕，任殿中侍御史，元微之称其文学儒素，旁通政经，挺直不挠，是个人才。"

崇文说："下一个。"

薛涛道："独孤密，贞元进士，佐韦公西川幕，甚得力，未参与刘辟之事。"

崇文点点头："再下一个。"

薛涛道："符载是个怪才，文笔滔滔。建中初与杨衡、李群等隐居庐山，号'山中四友'。后入西川为韦公掌书记，刘辟作乱时，他曾规劝其多行忠义。这是实情。

"再说郗士美，这人小时候是神童，与人讨论经传，对答如流。十二岁时就能通背'五经'和《史记》《汉书》。及长与颜真卿、萧颖士、李华相友善，正是人以群分。刘辟作乱，他持不赞成态度。

"王良士，贞元进士，名字起得好。没有劣迹。

"崔从，贞元初进士及第，授山南西道推官、邛州刺史，后入韦公西川幕，政治正确，无附逆行为。

"卢士玫乃范阳人，世代为山东（崤山以东）望族。这个人我可以担保。"

崇文看名单上的人都说到了，于是将话题引回房式："其他人倒也罢了，唯独这人与刘辟界限不清。从此不可信用。"

薛涛道："士大夫有士大夫的弱点，事不可为，大抵明哲保身。安禄山之乱中，王右丞身陷贼中，被授以伪职，不敢硬抗，只得服泻药拉肚子，称病软拖。安禄山迎置洛阳，欲强迫其就范。大乱平定后，因一首《凝碧池》而被宽大处理。诗曰：'万户伤心生野烟，百官何日更朝天。秋槐叶落空宫里，凝碧池头奏管弦。'曹操《求贤令》提出'唯才是举'的方略，明说'负污辱之名，见笑之行，或不仁不孝，而有治国用兵之术'者，皆在举荐之列。后世以为英明，高公以为如何？"

崇文道："明白了。这个有污点的人才都被原谅了，其他的人就好办了。阁下对西川数十年变迁了如指掌，岂合顾问，简直是个活字典。佩服，佩服。"

次日，西川府参佐幕僚皆素服草鞋，口衔土块，匍

134

匍于衙门外，请求处分。崇文先唤过房式，好言安抚了一番。后又上疏推荐了韦乾度、独孤密、符载、郗士美、王良士、崔从、卢士玖等人。

崇文专将段文昌叫到面前说："老夫于相法略知一二，足下前途远大，是要出将入相的，自不在老夫论荐之列。暂委屈你做个掌书记吧。"

于是大摆宴席，具陈烤羊肉、胡饼、冷面、果脯、各式糕点、葡萄酒等。段文昌喝高了，抓了一把碗中的绿豆，一颗一颗掷击苍蝇，十发十中。满座客人都惊奇大笑。高崇文说："不要浪费绿豆了。"然后伸出手一挥，掐住一只苍蝇的后腿，再一挥，又掐住另一只苍蝇的后腿，挥来挥去，极少失手，众人都说："这个更绝。"

当时有俳优将刘、卢之乱编为戏剧小品，上台搬演，为一笑乐。崇文坚决制止，道："刘辟是大臣谋反，不是鼠窃狗盗。国家自有刑法，怎容得戏子耍笑？快拿下去，杖责二十大棍，罚配松州戍边。"

刘辟之侍妾姹紫、嫣红，皆绝代佳人，时人比于二乔。监军使请示，是否献给皇上，充作宫女。崇文曰："成都才刚平定，要的是境内肃清，万姓复业，以宽圣虑。进献美妇人，是蛊惑天子之意，崇文一辈子不做这样的事。"于是下令，让未婚或鳏居的将校拈阄，令其婚配成家。

天子听说这件事，非常感动，对身边人说："高崇文得殊色，一不献给寡人，二不留给自己，这等忠直之士，实是难得。"

成都士庶亦传为美谈。西川幕僚争相面谀，道："世间位高权重者，鲜有不贪财好色的。廉洁自守像高大人这样的，堪称另类。"高崇文道："色字头上一把刀，碰不得。至于财贿，则又当别论。有几种财万不可贪，一是赈灾专款不可挪用，二是科举专款不得私分，三是军饷分文不得克扣。岂不闻'兵马未动，粮草先行'？带兵打仗，首重后勤保障，必须广开财源。凡天上掉的馅饼，不'贪'白不'贪'，只不要往个人荷包里装就是了。"

薛涛回成都后，居浣花里枇杷巷。浣花里俗称碧鸡坊，里、坊都是社区的意思。碧鸡坊的位置在城西，即青羊宫附近，可以步行至草堂。杜甫诗"时出碧鸡坊，西郊向草堂"（《西郊》）可以为证。"碧鸡"是成都传说中的神禽，常与神兽"金马"联系在一起。《汉书·郊祀志下》："或言益州有金马、碧鸡之神，可醮祭而致。"薛涛的居所在枇杷巷一个大宅门里，宅里有院落、会客厅、书房、卧室，还有一个后花园。

巷道门前种着菖蒲，细长的叶儿，如刀丛剑林，葱俊挺拔，清新脱俗。

冬至节，碧鸡坊来了稀客。高大人带着个仆从，便衣私访。薛涛引高大人进入宅内，掀开门帘，只见案头清供着一钵菖蒲，窗间新糊一纸，依数九寒天之数，白描素梅一树九枝，每枝梅花九朵，九九八十一朵。高公凑近看时，画上题着《咏八十一颗（朵）》一诗：

色比丹霞朝日，形如合浦圆珰。

开时九九如数，见处双双颉颃。

高公笑问怎讲。薛涛说："此乃'九九消寒图'。荆楚风俗，于冬至后，贴梅花一树于窗间，共有梅花八十一朵，用胭脂日染一朵，八十一朵既足，幻成花一树，即日暖矣。"

高公又问："何谓'双双颉颃'？"

薛涛道："不闻'七九河冻开，八九燕子来'乎？"

高公说："长知识了。"

薛涛道："来得早不如来得巧，这头一朵请大人染色。"于是取出胭脂，递过笔。高公亦不推辞，便接过笔，小心翼翼，还是涂过了界。薛涛笑道："'浓朱衍丹唇，黄吻澜漫赤。'高大人没画过口红，涂出界了。"

正说着，婢女云容拿来四盘时鲜水果，一盘冬枣，一盘柿子，一盘荸荠，一盘橙。高公笑道："偏是没有枇杷。"薛涛笑道："枇杷虽好，不在这个季节成熟。"高公掰开一个橙子，吃了两瓣，道："这个倒是纯甜。"薛涛吩咐云容："剩下的都给高大人打包。"高公笑道："无事叨扰，又吃又拿，罪过罪过。"

冬天，成都下了一场大雪。府中的从事一起来枇杷巷赏雪吟诗，公推薛涛为社长。高崇文突然来到，笑说："你们在这里娱乐，也不告诉我一声。我虽是一介武夫，也有一首咏雪诗，不妨抛砖。"于是随口念道：

崇文崇武不崇文，提戈出塞旧从军。

有似胡儿射飞雁，白毛空里落纷纷。

众文士拍手大笑，一齐说好。一个说："比北齐大将高昂写得还好，高昂将军征行诗云：'卷甲长驱不可息，六日六夜三度食。初时言作虎牢停，更被处置河桥北。回首绝望便萧条，悲来雪涕还自抑。'可谓笔端有口。"一个说："《世说新语》记谢太傅家聚在一起咏雪，谢胡儿说'撒盐空中差可拟'，谢道韫说'未若柳絮因风起'，未必有主公形容得妙呢。"

崇文指着薛涛说："社长评点。"薛涛笑道："社长不敢。兴会第一，作诗不能矜持。主公此诗，极具兴会，正所谓'将军本色是诗人'。"崇文道："谬奖了，老夫肚子里有几滴墨水，自个儿还是知道的。你且教我如何作诗。"薛涛道："不敢。真要作诗，背功必须有的。改天我给大人写个书单，大人宵旰之余，慢慢看来。"崇文道："敢情好，只是莫开多，以免把老夫吓着了。"说得大家笑了，举杯共饮，皆大欢喜。

高崇文镇蜀三年，惠化大行，不事威仪，礼贤接士。子弟车服玩用，无金玉之饰。他对薛涛说："我高崇文，不过是河北一个当兵的，偶然际会，累立战功，国家褒奖至极矣。西川是宰相回翔之地，崇文在这里待久了，心下不安。还是想去镇守边疆，死于王事，方能瞑目。"于是着薛涛代草一份上表，请求交流岗位，去邠宁（治今陕西彬州）为节度使。

宪宗皇帝感慨崇文理军有法，而不知州县之政，接替的人选难找。思忖再三，始拍板，拜武元衡检校吏部尚书，兼门下侍郎、平章事，充剑南西川节度使，以代崇文。

第十二回

连昌宫箸陈时事
会真记奇警芳心

一日，薛涛从大慈寺得到一个行卷抄本，题为《会真记》，读后大惊，想不到传奇可以写得这样好，教人从此打消尝试写作传奇的念头。

　　大唐的进士行卷，是唐代科举考试的衍生物。因为那时的进士考试是透明的，采取推荐和选拔相结合的制度。应试的举子将自己的文学创作加以编辑，写成卷轴，在考试以前送呈当时在社会上、政治上或文坛上有地位的人，请求他们向主司即主持考试的礼部侍郎推荐，这叫行卷。逾数日又投，叫作温卷。传奇文备众体，有诗歌，有散文，有小说，可见史才、诗笔、议论。书肆收购行卷，择其优者，请人誊录，对外出售，作者出名，书肆渔利，并无著作权的纠纷。

　　薛涛爱看传奇是受阿爹的影响。阿爹虽然只看不说，但卷子摆在那里，不偷看是不可能的，偷看了不上瘾更不可能。不看不知道，看了才晓得大唐才子原来恁多，人才辈出，越写越好。初时《古镜记》《补江总白猿传》之类，已脱六朝之粗陈梗概，不过到底是志怪一路。《游仙窟》写人，尤其写女人，是个异数，语言又好玩。薛涛小小年纪，也能看个七八分懂。大历以后，佳作云蒸，"鸟花猿子，纷纷荡漾"。写女人的，更多了起来，《离魂记》之类，煞是好看，不过都没有《会真记》好看。

《会真记》故事梗概如下：

贞元年间，有位姓张的书生，二十三岁还没有谈过异性朋友。张生到蒲州一带游览，住在普救寺。有个姓崔的寡妇要回长安，路过蒲州，也住在寺里。崔夫人本姓郑，张生的母亲也姓郑，说起来还是张生远房的姨母。这一年，节度使浑瑊死在了蒲州，监军的宦官不善于带兵，兵士乘办丧事的机会骚扰百姓。崔家的财产丰厚，崔夫人寄住在寺里害怕，不知该依靠谁才好。张生有个朋友和蒲州守将有交情，于是通过这层关系请军吏保护崔氏，崔家才没有遭难。

崔夫人为答谢张生的恩德，便备办酒席款待张生。又请女儿莺莺出来与张生以兄妹相称。莺莺起初称病，不肯见生人，经母亲催促才出来，虽穿着普通的衣服，没有什么装饰，却姿态艳丽，光彩照人。张生十分惊讶，行过见面礼。莺莺靠着母亲，只是呆呆地坐着，眼神里流露出哀怨。张生问她的芳龄，崔夫人说："十七岁了。"张生想引莺莺说话，她一句也没有回答。

张生从此便迷上了莺莺，希望能够表达爱慕之情，却总没有机会。莺莺的丫鬟叫红娘，张生便送红娘礼物，请红娘转达心意。红娘被吓坏了，红着脸跑开，第二天却又来了，对张生说："先生的话，我不敢传达。不过，你既然有恩于崔家，为什么不直接求婚呢？"张生说："这几天，我走路都忘了应该到什么地方停下，吃饭都忘记了饥饱，只怕是活不长久。如果托媒人正式求婚，等三五个月时间，早就完蛋了，你说咋办呢？"红娘说："小姐很面浅，即使她很尊重的人，也不能用轻佻的话去冒犯她。下人的主意，她肯定不会接受。不过，她经常吟诗作赋，你不妨写首诗来打动她，此外没有别的办法。"

张生听后立刻写了两首《春词》交给红娘。夜里，红娘又来了，拿来张彩色的信笺交给了张生，说是小姐叫送来的。诗曰：

待月西厢下，迎风户半开。

拂墙花影动，疑是玉人来。

张生读后，觉得懂了，这天是农历十四，第二天正好是十五。莺莺住房东墙外有一棵杏树，攀上它可以翻墙。十五的晚上，张生就把那棵树当作梯子爬过墙去。到了西厢房，果然门半开着，只见红娘躺在床上，见了张生很是诧异："你怎么来了？"张生说："小姐信上叫的，你替我通报一下。"红娘便去通报。张生满以为一定成功，不料莺莺出来，表情严肃，大声数落他："因为哥哥救了我们全家，母亲才把我托付给你。你为什么叫不懂事的丫头送来这样的信？你起初的行为，是义；后来的行为，是非礼。这就抵消了。我写小诗，是为了使你一定要来，好当面告诉你，别犯糊涂。"莺莺说完就走了。张生愣了半天，手足无措，只好又翻墙回去，彻底绝望。

三天后的晚上，张生正在睡觉，忽然被人叫醒。原来是红娘抱着被子带着枕头来了，她把枕头、被子搭在一起，然后走了。过了一会儿，红娘又扶着莺莺来了。那晚月色皎洁，照亮了半床。张生飘飘然，疑心是神仙下凡。过了一会儿，寺里的钟声响了，天要亮了，红娘催促莺莺快走。整个晚上莺莺没说一句话，张生还疑心是梦，直到天亮看到妆痕还留在臂上，这才信以为真。

之后十几天，莺莺一点消息也没有。一日，张生正写《会真诗》三十韵，还没写完，红娘来了，于是将诗交给红娘，送给莺莺。莺莺又动心了，晚上偷偷地来，早上偷偷地走，和张生一块儿安寝，几乎一个月。张生向莺莺问崔夫人的态度，莺莺说："我没法开口。"张生便想去跟崔夫人面谈，以促成好事，但一直没有行动。不久张生将去长安，告诉莺莺。莺莺没有怨言，但有怨色。张生临走前的两个晚上，莺莺没有再来幽会。

分别了几个月，张生又来蒲州，跟莺莺旧梦重温。莺莺字写得漂亮，又擅长诗文，任张生再三索要，莺莺始终不给。张生写诗文挑逗，莺莺也不大看。莺莺文化水平很高，表面上却装作不懂；言谈敏捷雄辩，却极少应酬；对张生情意深厚，却不用语言表达。有一天夜晚，莺莺独自弹琴，曲调很伤感。张生偷偷地听到了，请求再弹一次，她却不弹了。张生完全猜不透她的心事。

考试的日子近了，张生又该去长安。临走的那个晚上，张生不再诉说心事，只是在莺莺面前叹气。莺莺知道将要分别了，就对张生说："你如果这一去再也不回来了，我也不敢怨恨。如果你最终要娶我，又何必唉声叹气！那天你要我弹琴，我没回应，现在你要走了，我弹一曲满足你的愿望吧。"于是她开始弹琴，是《霓裳羽衣曲》的序曲，还没弹几声，琴声就乱了，莺莺突然扔下琴，泪流满面，回母亲那边去了，再也没来。第二天早上张生自己走了。

第二年，张生考试落榜，留在京城，写了一封信给莺莺，以宽她的心。莺莺的回信很长，摘要如下："捧读来信，悲喜交集！还收到一盒花粉、一盒口红，但我为谁打扮呢？看到这些东西只能更增思念，更增悲叹。你在京城温习学业，只恨我这个无事的人，永远被抛在一边。命该如此，有什么好说的呢？自去年秋天以来，我经常恍恍惚惚，若有所失。热闹场合，强颜欢笑；更深夜静，无不涕零；睡梦之中，常常哭醒。一年就这样过去了。长安是行乐的地方，到处都会触动情思。你居然还没有完全忘记我这个微不足道的人，我也不知道说什么才好。过去你像司马相如琴挑卓文君那样来挑动我，我却不能像高氏女子用投梭拒绝谢鲲那样拒绝你，还有什么好说的呢！只望你千万保重。赠玉环一枚，是我小时候玩的东西，寄给你佩带在腰上。玉表示坚韧不变，环表示周而复始。附带寄上头发一缕，竹茶碾子一个。东西不值钱，用意你明白。春风吹起，乍暖还寒，容易生病，望多加保重，不要想念我了。"

张生得信如获至宝，经常出示给要好的朋友看，弄得很多人都知道这事。而张生已打定主意，和莺莺断绝联系。他对别人是这样解释的："大凡上天所造就的绝代佳人，不危害她自身，就一定危害他人。从前的商纣王、周幽王，都因为宠爱一个女子，国破人亡，至今仍被天下人耻笑。而我一介书生，为将来考虑，必须克制自己的感情。"听了这话的人感觉心里就像打翻了五味瓶。

后来，莺莺嫁给别人，张生也另外娶妻。有一次张生刚巧经过莺莺住处，便通过她的丈夫告诉莺莺，请求以表兄的身份见她一面。丈夫转告莺莺，莺莺却不肯出来。几天以后，张生要走了，莺莺还是不肯出来，只写了一首诗送给他，诗是这样的：

弃置今何道，当时且自亲。

还将旧时意，怜取眼前人。

《会真记》又名《莺莺传》，作者元稹。

薛涛、妙常两个共同认为，小说写得最为成功的人物，是崔莺莺；出人意料的是张生跳墙、莺莺翻脸那一段，可谓曲尽人情。莺莺自荐枕席，却在红娘面前作态，是完全可信的，换了谁都这样。崔莺莺写给张生的那封长信，可能是真的，不然写不到那么长，也写不到那么细，写不到那么感人。小说中最可爱的人物是红娘，让小姐大出洋相，让老夫人缄口，并非是个婢女都做得到的。小说中的老夫人虽然赖婚，却并不讨厌，当母亲的，换了谁可能都这样。

妙常批评道："只是张生渣了一点。'大凡天之所命尤物也，不妖其身，必妖于人。使崔氏子遇合富贵，乘娇宠，不为云为雨，则为蛟为螭，吾不知其变化矣。昔殷之辛，周之幽，据万乘之国，其势甚厚。然而一女子败之，溃其众，屠其身，至今为天下僇笑。予之德不足以胜妖孽，是用忍情。'这样混账的话，亏他说得出口！"

还说："《会真记》在艺术上有一个奇怪的现象，就是前半文笔细腻可观，后半强词夺理，前边写得入情入理，结尾显得特别矫情。这部小说肯定有自传的性质，作者不肯正视自个儿的劣迹，所以小说后半有文过饰非的痕迹。"

薛涛不完全同意妙常的看法，她觉得小说就是小说，故事里的事，说是就是，说不是就不是。小说中的"我"，和作者还是不能混为一谈的。如果一定要说是自传，那么作者还是有情场忏悔的意思，只是自我否定得不够彻底。话说回来，谁又能够彻底地否定自己呢？

关于张生、莺莺之恋，薛涛认为更像是一种宿命："本来这两个人是两条道上跑的车，没有交集。偏偏有那么一个普救寺，两个人都住进了那里。本来连面都见不着，偏偏有个老夫人，和张生的母亲都姓郑，这就搭上了话。蒲州军中偏偏出现骚乱，张生找关系解了围，老夫人出于感激之情，让莺莺与张生兄妹相称，这不是千里姻缘一线牵又是什么？后面的艳遇不说了。本来双方有一次联姻的机会，张生希望莺莺对母亲表态，或他自己出面求婚，而莺莺出于羞涩，说不出口；张生不知道什么原因，把这事给耽搁了。这是一个要命的偶然。接下来就是张生赶考的不顺，这个不顺，在张生的潜意识里埋下了祸根，所以有了后来那番奇谈怪论。总之，种种偶然因素决定了恋爱的走向。白居易《李夫人》诗云：'人非木石皆有情，不如不遇倾城色。'不过，话说回来，遇到总比不遇到要幸运得多。你说呢？"

妙常听得一头雾水道："你说得这么玄，好像又有些道理。"

当时两京及成都的坊间流行一句话——"诗到元和体变新"，又道"开谈不说元和体，读尽诗书是枉然"。时下爱诗的人，言必称元稹、白居易。

妙常心仪白居易。她说，白居易小时候话还不会说，就认识"之""无"二字，奶妈念，让他指，百试不爽。军使高霞寓曾在长安招军伎，有应征的歌女自我介绍说："我诵得白学士的《长恨歌》，岂同他伎哉？"于是当场验证，果不其然，立即录取，一时传为佳话。

薛涛则认为，元稹排名在白居易之前，是有一定道理的。《连昌宫词》是她平生的最爱：

> …………
>
> 上皇正在望仙楼，太真同凭阑干立。
>
> 楼上楼前尽珠翠，炫转荧煌照天地。
>
> 归来如梦复如痴，何暇备言宫里事。
>
> 初过寒食一百六，店舍无烟宫树绿。
>
> 夜半月高弦索鸣，贺老琵琶定场屋。
>
> 力士传呼觅念奴，念奴潜伴诸郎宿。
>
> 须臾觅得又连催，特敕街中许燃烛。
>
> 春娇满眼睡红绡，掠削云鬟旋装束。
>
> 飞上九天歌一声，二十五郎吹管逐。
>
> …………

太有感觉了，甚于《长恨歌》。《长恨歌》不过述唐玄宗追思杨贵妃之始末，不像《连昌宫词》，直陈时事，铺写详密，宛如画出，而且有鉴戒规讽之意，使后人读之，还可以想见当时之事。

再说，元稹写传奇，白居易不写传奇。《长恨歌传》是白的朋友陈鸿写的，《李娃传》是白的弟弟白行简写的。而《会真记》呢，是元稹自己写的，小说中的几个人物，都写得活鲜鲜的，读了连饭都不想吃。这个元稹，是懂女人的男人。

第二天，薛涛偶然从邸报获悉一条边角消息，元稹、白居易两个大诗人，因为上疏言事，触怒当朝权贵，均被贬为芝麻官（县尉）。元稹更因母亲去世，回洛阳老家守孝去了。她忽然想起民间一个比方：一筛白米中的两颗芝麻，不管你怎样筛动筛子，都很难将两颗芝麻团到一起，除非遇了缘儿。

晚上下雨，妙常未回屋，与薛涛搭铺，对枕而眠。薛涛把外面衣服解开，只剩下里面一件小衣时，发现胸前柔软的两团肉在小衣里鼓起来。奇了怪了，以前是熟视无睹的。赶紧溜进被窝，一时找不到别的话题，便又提起《会真记》来。

薛涛喋喋不休，说："这篇小说是个富矿，将来还可以改编。等参军戏的体制改进了，戏剧角色类型更多了，这个故事完全可以搬上舞台，演出一定大获成功。不管谁来改编，都会成为一代大戏剧家。"

妙常回道："你是越发想入非非，看来是爱上元稹了。"话音刚落，鼾声小作矣。

那个晚上薛涛做了一个梦，梦中回到了广文书塾。班上给每个学生发了一支彤管，也就是毛笔。笔管上刻着各自的名字，石青糁之。薛涛在上学必经的马家巷子，遇上了一个男生，元稹的样子，于是两人并肩走过那条不长的巷子，彼此不约而同地从书包里掏出彤管，一边走，一边放到一起来比。当两个名字比到一起，只见这边刻的是"薛洪度"，那边刻的却是"元微之"，薛涛心里便縠纹般地生出一阵悸动。

一转眼，姓元的已坐到桌边写字，薛涛轻脚轻手走过案桌，裙边却碰倒了几案上一个七彩琉璃的花瓶，花瓶掉在地上，散成无数的碎片。

第十三回

嘉陵驿诗称士女
孔雀园愿许校书

高崇文卸任，将离成都，远赴边地。

一众幕僚恋恋不舍，只说边地艰苦，劝他多带一些成都的特产上路。

高大人也不把自己当外人，于是将西川的军用物资、库内珍藏、帘帷帐幕、乐工歌伎、能工巧匠挑了个遍。临别作一个揖，道了声谢，彩旗飘飘，满载而去。

一日，薛涛正做功课，读武元衡的《临淮集》，读到《春兴》，诗曰：

杨柳阴阴细雨晴，残花落尽见流莺。

春风一夜吹乡梦，又逐春风到洛城。

薛涛心想，武相国真是会作诗的人。可能只是做了一个回乡的梦，便产生了写作的冲动。前二与后二分明是个倒装，前二说诗人还乡，抓住了春天的尾巴，后两句才补写春夜梦见还家之事。成都人借用这首诗，只消把"洛城"改成"锦城"就行了。

正在欣赏，幕府有人来报，说武大人明日到任，须做好迎候的准备。于是薛涛从衣橱里找出几件衣服，在身上比了一比，最后选了一袭素净的女道士服。

武公到任之日，成都北门桥头搭建了一个彩棚，薛涛随段文昌等幕府僚佐，立在牌坊处迎接。

等待移时，隐隐听到一阵吹奏打击乐声，便见一队人马迤逦而来。锣鼓，号角，旌旗，伞扇，仪仗，衙役，一队一队，都过去了。乘舆近时，只见武大人丹凤眼、高鼻梁，是个美髯公。段文昌迎上去，叉了手便要问安。不想武大人下了轿，同众人打躬，又将眼光投向薛涛道："你可是薛女史？令尊大人我认得的，我还读过你写的诗。"

薛涛不知道武大人如何认得阿爹，不好问，只好诺诺连声，可着劲儿点头。

至幕府，坐上大堂，武大人问段文昌："高大人几时走的？"

段文昌如实汇报，把高大人部队的开拔情况细细说了。

武元衡动了一下眉毛，道："这个事不好怪得，边地条件那么艰苦，高大人劳苦功高呢！西川破费点人力物资算什么，权当支援边区了。"

次日，西川幕府在摩诃池上召开大会，记室段文昌主持。段文昌介绍了到会要人，而后宣读武元衡简历。原来武元衡乃河南缑氏（今河南偃师）人，则天大圣皇后从曾孙，肃宗时殿中侍御史武就大人之子，妥妥的皇亲国戚。又说武大人离开西京时，天子亲临安福门相送。武大人出镇西川，实乃成都之幸，斯人之幸。

有个随武公而来的生面孔，唤作裴度，乃贞元进士，河阴县（今属河南荥阳）县尉。薛涛观其人目深貌寝，短小精悍，坐在边上一言未接，一看就是个人物。

第一项议程，中使到场宣旨，任命相国武元衡为新一任剑南西川节度使。

第二项议程，武元衡发表就职讲话。他说道："西川是大唐的战略后方，自为区域，西川安则天下安。李太白《蜀道难》云：'剑阁峥嵘而崔嵬，一夫当关，万夫莫开。所守或匪亲，化为狼与豺。朝避猛虎，夕避长蛇，磨牙吮血，杀人如麻。'臣子之神圣使命，即为天子守土，维护中央集权，反对分裂割据！这可不是套话，刘辟作逆伏诛，朝廷接着便收拾了镇海军节度使李锜。老夫是强硬派！这件事动了某些人的蒸饼，恐吓信一封接着一封，无非要老夫的头。这话不是闹着玩儿的，刺客额角没有写字，或许就混迹于尔等之中。有胆子就站出来，老夫不怕！节度使必须天子委派，幕府要员必须向朝廷报批。有道是'天下未乱蜀先乱'，诸君要提高警惕。见了错误的事，听到错误的话，必须抵制，必须报告，切勿泰然处之，行若无事。"

武公讲话毕，段文昌道："武大人要言不烦，提纲挈领，我们要好好领会，并予落实，争取做好西川各项工作。"

第三项议程，宣布一项辟任，任命裴度为西川节度使幕府掌书记，免去其河阴县县尉之职。

会议前半程结束，武公亲送中使上车复命，而后与会茶歇，各自方便。

会议后半程为主客漫谈，气氛转而轻松。

武公说："过去只听说到西川的路上有的是一线天、人鲊瓮、蛇倒退、鬼见愁，尽是些险恶地面。这次入蜀，算是亲身领教了，体会到'蜀道之难，难于上青天'的况味。经过利州（今四川广元）朝天峡时，我写了一首《题嘉陵驿》，以抒发心头的感慨，在这里分享一下，就教于诸君，以当一笑。"诗曰：

悠悠风旆绕山川，山驿空蒙雨似烟。

路半嘉陵头已白，蜀门西更上青天。

段文昌点评道："好诗，好诗。不但写出了相国一路苦辛，还反映了战后山川荒凉、百姓草间偷活的现实，及相国忧国忧民的情怀。好个'路半嘉陵头已白'，中间包含多少内容！最后一句更是信手拈来得好。相国原玉在此，诸君，请洒潘江，各倾陆海吧。"

便令侍女捧出一盘，盘中摆着文房四宝。端到房式面前，房式说："眼前有景道不得，座主题诗在上头。"推给下一位，下一位说："不敢狗尾续貂。"又让给下一位。巡让到薛涛面前，她躬身拈笔道："恭敬不如从命。"

提笔先写一句："蜀门西更上青天。"侍女举起纸条，众人看她抄了武公原诗一句，面面相觑，不知是何道理。

只见她换纸又写一句："强为公歌蜀国弦。"众人这才知道，她原是借武公原诗末句作了首句，有人拍手道："我怎么就没有想到？"说得众人都笑了。

薛涛换纸写下第三句："卓氏长卿称士女。"于是齐声喝彩，说这也绝了，原来是赞美蜀中人杰，是该推司

160

马相如与卓文君这一对才子佳人。有人猜下句必是写地灵了，只是不知怎样下笔。

只见薛涛写下最后一句："锦江玉垒献山川。"又是齐声叫好。

最后，薛涛写下题目《续嘉陵驿诗献武相国》，掌声四起。

段文昌来劲了，放胆点评道："这首和诗与武公原唱，堪称绝配！和诗对历史人物的赞美，也可以移用来赞美两首诗的作者。"

武公哈哈大笑道："还请薛女史把这两首诗即兴演唱一遍。"

薛涛起身道万福，口称不敢，随即吩咐移席池边，于舞榭之上安排女子乐队立部十人，坐部十人；弦乐器三种，为琵琶、竖箜篌和筝；管乐器六种，为筚篥、笛、篪、笙、箫、贝；打击乐器十种，为拍板、正鼓、和鼓、齐鼓、毛员鼓、答腊鼓、羯鼓、靴牢、鸡娄鼓、铜钹；另有吹叶一种，是古代八音以外的乐器。配合现成曲调，以龟兹乐为主，清商乐为辅。俞善才亲任指挥，和了两遍，开始演唱。

天朗气清，万里无云，池上红莲盛开，荷叶绿得可爱。伴随着悠扬的旋律，薛涛缓缓走进舞池，一袭女道士素服衬得她容光焕发，气场超大。在热烈的掌声中，她先唱了一曲百转千回的《题嘉陵驿》，再换曲调唱了一曲铿锵激越、刚脱笔砚的《续嘉陵驿诗献武相国》。她的表演把包括武元衡在内的所有观众都征服了。还没等她走下台，段文昌就抢先一步，希望她再为西川幕府的所有同事献歌一首。于是薛涛示意乐队，换了一支梦幻般的曲调，即兴演唱了武元衡的《春兴》。

薛涛不记得那天的盛会是怎样结束的，却记得第二天早上，她就收到了武元衡亲笔书写在西川幕府信笺上的一首新作，题为《赠道者》。诗曰：

麻衣如雪一枝梅，笑掩微妆入梦来。

若到越溪逢越女，红莲池里白莲开。

薛涛喜欢"道者"这个称呼。大唐道教盛行，女性出家做道士的很多，在家修行的也多，推荐李白的玉真公主就是"道者"，李白诗中提到的宰相之女李腾空也是"道者"，连则天大圣皇后和杨贵妃都曾经是"道者"。

薛涛将《上川主武元衡相国二首》诗誊抄在笺纸

上，送呈武公表示答谢。诗曰：

> 落日重城夕雾收，玳筵雕俎荐诸侯。
> 因令朗月当庭燎，不使珠帘下玉钩。

又

> 东阁移尊绮席陈，貂簪龙节更宜春。
> 军城画角三声歇，云幕初垂红烛新。

　　一来二去，两个人就成了诗友。那年薛涛生日，武元衡到薛涛那里看望她，茶叙到高兴处，便说："好好许个愿吧，我要满足你一个要求。"薛涛不回话，从书架上取出一个折子，皮面写着"荐薛涛为剑南西川幕校书表"，只说这是韦公遗物。

　　武元衡把皮面看了，翻开折子，空无一文，微笑道："这个事我知道的，韦公识才爱才，他动过这个念头，征求过中官监军的意见，监军建议缓行，所以搁置下来。韦公未了的心愿，我来替他完成吧。"

　　一日，武元衡听说西川有个孔雀园，便邀薛涛陪他去看。

薛涛陪他看时，一边解说，一边发表感慨道："这几只生活得好是好，但总不及在南方的丛林里自在。古语说得好：西北有高楼，孔雀东南飞。"

武元衡听了感动，就写了一首五言律诗，诗云：

> 荀令昔居此，故巢留越禽。
>
> 动摇金翠尾，飞舞碧梧阴。
>
> 上客彻瑶瑟，美人伤蕙心。
>
> 会因南国使，得放海云深。

第十四回

扫眉才子冠当代

诗词大会在成都

万壑树参天，千山响杜鹃。

山中一夜雨，树杪百重泉。

汉女输橦布，巴人讼芋田。

文翁翻教授，不敢倚先贤。

　　这原是大诗人王维送友人入蜀为官的一首诗，其中提到文翁化蜀对蜀地的影响。时经刘辟之乱，府库亏空，武元衡主政的主要精力，放在了制定规约、研究创收、节省开支和弘扬文翁化蜀的传统上。希望三年之期，使民殷府富，市民知方。

　　一日，段文昌来报，成都散花楼修缮完工，请府主亲笔题写楼名。武元衡便带领若干幕佐前往视察，薛涛亲自讲解。略云此楼为隋朝蜀王杨秀所建，楼高百尺，起名灵感或得于"天女散花"。武公登上顶楼，四面眺望，城中千门万户、文翁石室，城外田野平畴、松柏垂杨、小桥流水，尽收眼底。情不自禁，朗声吟咏道：

"'九天开出一成都，万户千门入画图。'李太白不余欺也。李白游成都，有事迹流传下来没有？"

薛涛答："开元九年（721），李白年方二十，往游成都。时礼部尚书苏颋——文章大手笔也，出为益州长史。李白路遇苏公车骑，拦路递交名片，并投卷，苏公大为赏识，对左右说：'此子天才英丽，下笔不休，虽风力未成，且见专车之骨，若广之以学，可以相如比肩也。'李白出蜀后，经常对人说起这件事。"

武元衡步入楼内，见中堂题着李白《登锦城散花楼》。诗云：

> 日照锦城头，朝光散花楼。
>
> 金窗夹绣户，珠箔悬银钩。
>
> 飞梯绿云中，极目散我忧。
>
> 暮雨向三峡，春江绕双流。
>
> 今来一登望，如上九天游。

武元衡问："诗仙真迹存否？"

薛涛道："原壁已坏，真迹不存。修缮后，请人重新写过了。"

武元衡道:"'人事有代谢,往来成古今。'是这个道理。蜀道,唐诗之路也。梁、陈宫掖之风,自陈拾遗而一变,至李翰林而大变。高祖武德年间（618—626）,齐、梁余风尚在;太宗贞观末（649）,标格渐高;睿宗景云年间（710—711）,颇通远调;至玄宗开元十五年（727）后,声律风骨始备。李白、杜甫、高适、岑参、王维、孟浩然、王昌龄、常建、崔颢、储光羲,哪一个不是响当当的?诗于成都,正像这楼下春江之水。一头源源不尽流进来,杜工部是;一头汩汩滔滔送出去,陈子昂、李太白是。成都,成都,李杜,李杜,成就了唐诗的'黄金时代'。"

众人听罢,一齐鼓掌。段文昌道:"杜甫道得好:'不薄今人爱古人。'相国的诗,人称瑰奇美丽,五言尤其了得,好事者传之,往往被于管弦,成为流行歌曲。再来一个旗亭画壁,王之涣未必夺魁。相国今与白居易齐名,李杜诗篇不新鲜矣。"

武元衡闻言笑道:"我何能与白居易比?白居易的《长恨歌》《琵琶行》,元稹的《连昌宫词》,实话实说,那是连李杜也没有的。"

168

薛涛道："前李杜时代，还有一个百花齐放的五言新体诗时代。沈佺期、杜审言、宋之问、王勃、杨炯、卢照邻、骆宾王，杰出诗人也是指不胜屈的。"

她说着，目光投向屏风。上面有一幅人像，端坐在宝座上的是一个女帝，头戴皇冠，面如满月。旁边立着个侍女，拿着一个手卷，作诵读状。引得大家都看，有人明白，有人不明白。

薛涛指着女帝问："知道大圣皇后说了什么吗？"

武公以手捋须，胸有成竹地答："'宰相何得失如此人！'①是这话吧？骆宾王只因为是个诗人，道得'楼观沧海日，门对浙江潮'，至今没遭清算。"

于是，他接着前头的话题，又说："你我没赶上开元时代，却赶上了元和时代、新乐府时代。杜工部'即事名篇'，元结编《箧中集》，都走的这条路。白居易更提出'文章合为时而著，歌诗合为事而作'，作《新乐府》五十首、《秦中吟》十首，元稹、李公垂相鼓吹。王建游于韩吏部之门，与韩、孟为忘年友，又与张文昌契厚，唱

---

① 段成式《酉阳杂俎》载："骆宾王为徐敬业作檄，极疏大周过恶，则天览及'蛾眉不肯让人，狐媚偏能惑主'，微笑而已。至'一抔之土未干，六尺之孤安在'，不悦曰：'宰相安得失如此人！'"

答尤多。元白二公原打算选编一本《元白往还诗集》，书虽未成，却蔚为风气！除却元公有白公，纷纷余子虎龙从，生活在此'白银时代'，你我不也很幸运吗？"

大家都称受教。薛涛说："改天我也编个卷子，请相国转元白二公指点。"

一日，西川府收到吏部批复，同意薛涛担任西川幕府女校书一职。

武相国心血来潮，决定在成都办一次诗词大会，形成全国诗人大合唱，主题就是"万里桥边女校书"。

为尽快征集到作品，武相国以薛涛的名义做了一个邀请函，又用最快的速度送到当时那些号称"河岳英灵"的唐才子手里。一时间，自然是齐声赞和，报应如响。当时著名诗人如元稹、白居易、刘禹锡、牛僧孺、令狐楚、裴度、王建、张籍、李益、杨巨源、章孝标、张祜、严绶、吴武陵等，都参与了这次大合唱。

投赠薛校书的诗稿，经过几轮评选，很快揭晓榜单。接下来举办盛大的演唱会，由天府乐坊承办。同时重金请来了骠国（今缅甸）的歌舞团到成都助兴。

当时成都府各坊，里胥（相当于街道办）将治安管理工作报告于贼曹，贼曹将情况上报幕府。四方之士，尽赴趋焉，巷无居人。舞台设置在号称"震旦第一丛林"的大慈寺对面的广场，长安、洛阳和成都本地最著名的歌手齐聚。台下成都士女大和会，现场观众达八千人之多。

会场前台上空拉着横幅，题曰"花重锦官城——大型歌舞文艺表演"。

表演开始前，记室段文昌上台宣读吏部关于西川幕府薛涛校书任职的批复。

文艺表演开始，序幕歌曲为《续嘉陵驿诗献武相国》（薛涛词）。

蜀门西更上青天，强为公歌蜀国弦。

卓氏长卿称士女，锦江玉垒献山川。

演唱：何勘（长安著名歌唱家）。演奏：锦城丝管乐团。伴舞：如意娘歌舞队。

节目一：西川民族服饰走秀

节目二：歌曲《寄赠薛涛》（元稹词）

锦江滑腻峨眉秀，幻出文君与薛涛。

言语巧偷鹦鹉舌，文章分得凤凰毛。

纷纷词客多停笔，个个公卿欲梦刀。

别后相思隔烟水，菖蒲花发五云高。

演唱：本地歌手。演奏、伴舞同上。

节目三：西川藏羌踢踏舞

节目四：歌曲《赠薛涛》（白居易词）

峨眉山势接云霓，欲逐刘郎北路迷。

若似剡中容易到，春风犹隔武陵溪。

演唱：本地歌手。演奏、伴舞同上。

节目五：东川民间才艺展演

节目六：歌曲《寄蜀中薛涛校书》（王建词）

万里桥边女校书，枇杷花里闭门居。

扫眉才子知多少，管领春风总不如。

演唱：本地歌手。演奏、伴舞同上。

节目七：独舞《孔雀舞》

舞者：薛涛。演奏同上。

舞蹈系由骠国舞《孔雀王》改编而成。舞蹈伊始，舞者独立于台中央，体态作半蹲状，手臂每个关节都有弯曲，双手捉指呈孔雀头冠状，身体呈三道弯。伴随着音乐，或身体前倾作饮水状；或摇头作抖落水珠状；或两手牵着裙裾，由身体两侧缓缓提至头上方，再手背相靠，然后由上向下慢慢打开落下，作孔雀开屏状。

台下观者如山，看得如醉如痴。时西川幕府壁报主编老屯，于陶醉中，乘兴作歌曰：

薛洪度，白孔雀，

锦官城里忽飘落，

亭亭玉立追光中，

八千鸟喙顿忘啄……

正当盛会达到高潮，广场尽头却出现骚乱，太古巷发生了踩踏事件。

事件缘起是几个小贩在人群中分发糖葫芦，宣传食品，引起巷道里人员滞留。殊不知后面的人群发生对冲，形成浪涌，阶梯上有人失衡跌倒，引发了老人小孩的摔倒和叠压。负责安保的兵丁嘶声呼喊人群后退，而声音却被嘈杂的人声所覆盖，起不到任何作用。有人攀着街沿柱子爬上去，暂时脱险。更多的人被阵阵涌入的人浪扑倒，场面失控。人流一浪高过一浪，叠加五六层之多，压在底下的人喘不过气来，许多人呼吸困难，窒息身亡。

舞台上立即停止表演，薛涛扶着栏杆，焦急地张望。只见越来越多的兵丁赶到，试图往上拉拽人下的人，用尽九牛二虎之力，只如墙底抽砖一般，根本拉不动。少时，人群渐渐散开，倒地的人，有的在兵丁的搀扶下站了起来，有的受了伤，被抬了出来：大都光着脚，多数衣衫不整，个别一丝不挂。

薛涛下得舞台，几个兵丁双手展开，将她护在中间。哭声、喊声、尖叫声喧哗成一片。见几个男子把一个女子高高举过头顶，女子的腿部还在滴血。前头的路面上躺着一排一排的人，也不知是死是活。她急忙对兵丁说："赶快救人，不要管我。"

西川府当晚成立了应急指挥部，武元衡亲自主持工作，安排善后事宜，并带头捐俸一千石，相当于半年的俸禄。薛涛跟进，捐出出任校书第一年的全部俸禄三百石。其余官员、西川富户亦比照捐资。太古巷踩踏事件，伤亡近百人，属于重大事故，如何上报朝廷，武元衡请孙监军拿个主意。孙监军道："此虽人祸，却属偶然，比不得天灾可以申报救济的。今天下多事，皇上宵衣旰食，日理万机，岂不闻'报喜不报忧'？还是西川府自己消化，不要天子烦心为好。"武元衡说："好，就等公公这句话。"

一个月过去，成都人的生活，一切恢复正常。踩踏事件，从此无人道着，更无记载。

薛涛被授女校书引起的轰动，是她一生的高光时刻，奠定了其千秋的声名。同时代的著名诗人，皆与其隔空唱和。此外，薛涛还获得了一项实际的待遇，即在家待召，不复坐班。

盛会期间，画圣吴道子的再传弟子、成都画家赵温其创作了一幅《女校书写真图》。画像明眸丰颐，鼻如悬胆，笑脸生涡，光艳照人。蓝本悬于墙，令众弟子大量临摹，以善价投放市场，一时供不应求。异邦商人加价收售，于是薛涛画像流入南诏，惹出祸端，此是后话。

第十五回

西州院里论李杜

东川府中偕凤凰

元和天子灭了刘辟、李锜，雄心勃勃，欲一鼓作气，制服河北诸镇。武相国股肱之臣，随时朝觐言事，或经月不返西川。

四年（809）暮春，武公留京。一日，薛涛正教吟课，突然有人登门拜访，自称本地名宦严绶之门客，因元稹出差东川，住在梓州，欲请薛校书赏光一聚。这令薛涛受宠若惊。殊不知元稹得到严家的信息，却是薛校书闻风倾慕，欲往东川拜会，他也十分开心。

原来这年二月，元稹由右拾遗擢升监察御史，出使东川（治梓州）。三月，充剑南东川详覆使，调查泸州监官任敬仲贪污案，又连带查出已故剑南东川节度使严砺等人贪赃枉法。

时严砺作古，死无对证，又牵连七州刺史，兼之严氏是当地望族，祖上严武做过剑南西川节度使，朝中有人，案件即陷入胶着。这时严氏家族宦游在外的达人严绶，专程回乡拜会元稹，绝口不提严砺一案，专谈薛涛，愿为撮合。

元稹曾有《西州院》诗为证：

> 自入西州院，唯见东川城。
>
> 今夜城头月，非暗又非明。
>
> 文案床席满，卷舒赃罪名。
>
> 惨凄且烦倦，弃之阶下行。
>
> 怅望天回转，动摇万里情。
>
> 参辰次第出，牛女颠倒倾。
>
> 况此风中柳，枝条千万茎。
>
> 到来篱下笋，亦以长短生。
>
> 感怆正多绪，鸦鸦相唤惊。
>
> 墙上杜鹃鸟，又作思归鸣。
>
> 以彼撩乱思，吟为幽怨声。
>
> 吟罢终不寝，冬冬复铛铛。

诗中"文案床席满"四句，写案件胶着。"怅望天回转"以下，写整夜的心猿意马。末句"冬冬"为街鼓声，"铛铛"为铜壶滴漏声。

一夜思想斗争的结果是，要见薛涛。

东川与西川，即梓州到成都，大约三百华里。安排车马，两头摸黑，一天就可以到达。在严绶的周密安排下，薛涛很快来到梓州，下榻涪城会馆。自代宗广德二年（764），剑南东、西川已合为一道。薛涛从成都来，仍算坐客；元稹入川办案，不管待多久，只算是行客。所以第一次见面地点，约在涪城会馆。

元稹见到了薛涛真人，比想象的大了一号，不是小鸟依人，而是硕人其颀①，脱口笑道："竟可以这么高。"时值初夏，薛涛着一领杏红衫子，露出修长的脖颈；拉得高高的柳花裙，掩不住波涛汹涌。元稹上前躬身，唱了一个肥喏。薛涛也立起身来，叉手福了一福。这时，只见一女冠飘然而入，用余光瞟了元稹一眼。斟茶既毕，躬身退出。

两人落座叙齿，薛涛长元稹几岁，以姊弟相称。薛涛上位坐了，便向元稹打听一个人："叫元簇，你的本家，'灯檠'的'檠'"。元稹道："听说过这名字，是个远房叔伯兄弟，年少孤贫，跟哥哥去了朔方，听说染上

_____

① 硕人其颀：《诗·卫风·硕人》的句子，意思是个儿高挑。

疟疾，早不在人世了。"薛涛一手轻拍椅子的扶手，悯默良久。

元稹将眼光落在她那柔荑般的手上，只顾出神。薛涛待要将手缩回，却被元稹一把握住。这时窗外响起咳嗽两声。薛涛不慌不忙，用另一只手按住元稹手背，缓缓推开，指着墙上悬着的琴道："这是一张雷氏琴，姐姐为你弹奏一曲如何？"元稹整了整衣裳，敛容道："待我洗耳恭听。"薛涛于是取琴，濯手，调试，且弹且唱道：

凤兮凤兮归故乡，遨游四海求其凰。
时未遇兮无所将，何悟今兮升斯堂。

会晤时间到点。元稹打开一个紫檀木盒，露出菱花镜一面，径四寸许，磨洗铮亮，背面铸有七个字："愿为明镜分娇面。"薛涛对元稹说："这么贵重，承受不起。吾弟远道而来，姐姐没有拜得客的东西送你，只从成都带了十色笺纸各一刀，还是试产品，有待改进的，粗供吾弟试笔而已，用后有何建议望不吝赐教。稍候着人送西州院去。还有，这一卷是拙作《锦江集》选抄，请你指正。"

次日，薛涛回访西州院，邀元稹同游杜甫梓州草堂

遗址，元稹欣然允诺。

薛涛问元稹试过笺纸没有，元稹说试过了，便从案上取一红色笺纸，上面写有五绝一首：

> 双眸寓静电，单衫杏子红。
>
> 偶然堂上见，万一孤岛逢。

薛涛心中一颤，眼眶一红，喉头一痒，遂咳嗽一声，忙岔过话头，道："只知道成都草堂，不承想这里还有个草堂。"元稹说："杜甫来梓州，本是陪送严武进京，不料前脚才走，成都就发生了兵变，于是滞留东川，故有梓州草堂。"

于是动身。

随二人同行的，有昨日见过的女冠，薛涛介绍道："她叫妙常，长住青羊宫修行。"

元稹引路，至一街边巷道，指着墙上一块木片，说马上到了。木片上写着"杜工部草堂"，加一个箭头，四十五度向上。元稹记起杜家后人请他撰写的《唐故工部员外郎杜君墓系铭》来，于是朗声吟诵："至于子美，盖所谓上薄风骚，下该沈宋，言夺苏李，气吞曹刘，掩颜谢之孤高，杂徐庚之流丽，尽得古今之体势，而兼昔人之所独专矣。"薛涛听得愣了，复用做作的语气说道："姐姐要低到尘埃里去了，却怕开不出花来。子美九泉之下，亦当滴泪谢吾弟矣。"

元稹说："李太白亦以奇文取称，当代人以'李杜'并称二人。我看太白壮浪纵恣，摆去拘束，摹写物象，及乐府歌诗，和子美也差不多了。至于排律的铺陈终始，排比声韵，大或千言，次犹数百，词气豪迈，而风调清深，属对律切，而脱弃凡近，子美则可以甩他几条街了。"

薛涛又说："贤弟的话，也说到姐姐心里去了。李诗潇洒落拓，杜诗锤炼精纯，与其学李之率意，不如学杜之精切。李诗自有一种落花流水之趣，若论格律谨严、词旨老当，又不如杜多了，至于补察时政、泄导人情、与乐拔苦，杜诗价值更大。不是李不如杜，是我爱李心浅，宗杜心深。"

两人越谈越投机，都觉得相见恨晚。梓州草堂年久失修，两人看了，一递一声，感喟良久。薛涛指着山门处道："这里须立一块石碑，刻上老杜的《闻官军收河南河北》才好。"

分手前，薛涛道："拙诗若干，恐有辱尊目。"

元稹道："大作拜读过了，真的不错，七言绝句尤佳，无脂粉气，极是难得。作诗的人但有一句两句、一联两联挂在别人嘴上，就是真正的诗人。西川府先前有位老先生，叫司空曙的，不知你见过这人没有？"

薛涛道："听说过这个名字，没有见过人。"

元稹道："此人高你我一辈，是'大历十才子'之一。他有几句五言诗，那才叫人羡慕嫉妒恨呢。"

薛涛道："你且说说。"

元稹道："'故人江海别，几度隔山川。乍见翻疑梦，相悲各问年。'以细节传久别重逢之神，放到杜诗中也是佳句。'雨中黄叶树，灯下白头人'，两组情境并置，雨中枯树与灯下老人的联想，自然贴切而不动声色，真是会作诗的人！作诗须向此中参透。"

薛涛道："最喜欢听你说诗。"

第三天，妙常因假期将满，要提前一天赶回成都，一大早就走了。元稹回访薛涛，二人相见，不复拘谨，宛然深交矣。方才坐定，元稹便告诉薛涛一个不好的消息："适得朝廷诏令，七月分务东台，明日即当启程。"薛涛心知元稹东川之行触忤权贵，麻烦大了；京中又有妻

185

小，便是后顾之忧。也不予说破。又想今生今世，恐不易再见。却做出个平静的样儿，道："弟将往矣，无以奉宁。"仍取雷氏琴，为之鼓拂，且鼓且歌道：

> 流水高山自古弹，鼓琴不易听琴难。
> 凤凰安得麒麟合，旷世无胶续断弦。

唱至三叠时，突然跑调，遂弃琴，不复弹奏，彼此相对怆然。少顷，元稹恐打扰薛涛休息，便称要告退。薛涛止之道："待姐姐沐浴了，送吾弟过去。"遂将外门轻轻拴住，转身进入里屋，将门带上，依旧拴了。

元稹端坐在客厅，突听水声响起来，知是沐浴伊始。少时按捺不住，起身移近窗棂，欲观其裸。窗门微微一动，把他吓了一跳。忽然转嗔作喜道："原来这里未拴。"遂将窗门向上提起，帘钩挂了。只见薛涛赤条条蹲在浴盆内，回眸一睇，炯炯如电，指一指隔壁，小声嘘道："非礼勿视！"却只顾往身上浇水。元稹便懂了。

一夜无眠。忽听鸡声唱起，元稹未及明而去。

元稹走后，薛涛不能再睡，便将《会真记》卷子从行囊中取出，在灯下展读。读至"当去之夕，不复自言其情，愁叹于崔氏之侧"，忽然汪然出涕。掏出手绢，将泪慢慢拭了。歇一会儿，继续读，到"还将旧时意，怜取眼前人"时，眼眶又湿了。于是不读了，将卷子收起来，放回囊中。自嗔道："真没出息。"便想起妙常之言，点头道："竟是真的。"

次日，元稹启程，从涪江上船。涪江从上游绵州（今四川绵阳）来，流经梓州、射洪、遂宁，至重庆与嘉陵江汇合，流入长江，经过三峡，直达江陵。元稹来去东川，走的都是这一条水路。薛涛送至江边，更无多话。

分手时，元稹交给薛涛一个纸卷，登船而去。正是："解缆君已遥，望君犹伫立。"元稹走后，薛涛展开纸卷细看，原来是一张蜀笺，上题一诗曰：

涸辙相濡亦偶同，茫茫人海各西东。

对君今夕须沉醉，万一来生不再逢。

其时假期届满，薛涛随即踏上返程，于途中写下《送友人》一诗：

水国蒹葭夜有霜，月寒山色共苍苍。

谁言千里自今夕，离梦杳如关塞长。

写罢，薛涛自忖：这段感情不可能说了断就了断的，要接受这样的现实，还有一段很长的心路要走。笔下似浅实深，似淡实浓，是注入了感情的。奇怪的是，与元稹相处多日，自个儿竟无一语提及《会真记》。

两个月过去，薛涛心情渐渐平静，却忽然收到一个邮自江陵的快递，内装花胜一盒，口脂五寸，夹有心形折纸一枚。打开来却是一张熟悉的笺纸，上面有熟悉笔迹书就的七言绝句一首。诗曰：

曾经沧海难为水，除却巫山不是云。

取次花丛懒回顾，半缘修道半缘君。

薛涛见字，不觉心荡神驰，思来想去，忍不住对妙常说道："对于他人，尚可兵来将挡；对于元微之，本人是没有抵抗力的。这个人身上有我最喜欢的一种涵养和气场。我也说不好，就是很静的，却又很强大的气场。我不用他养我，日后我的空间，他要来来往往，亦是可以的。

至于结婚生子，我偏没有那个想法。'曾经沧海难为水，除却巫山不是云。'温柔到了语言里，恰如一个陷阱。当然，也可能是我'自己挖坑自己跳'吧。"

从此，薛涛再没有对谁动过心，一心一意地投入十色笺的研发了。

第十六回

王建词敲金戛玉

薛涛笺惊天动地

日出三竿春雾消，江头蜀客驻兰桡。

凭寄狂夫书一纸，住在成都万里桥。

　　这首《竹枝词》，为与薛涛友好的大诗人刘禹锡所作。诗中描写了一位成都居近万里桥的女子，托人捎一笺信纸，给轻别离的情郎。痴痴情深，溢于言表。说得活灵活现，何尝不是薛涛当时的写照。

　　万里桥是成都锦水上一座地标式建筑，杜甫诗中曾多次提到——"万里桥西一草堂"（《狂夫》），"万里桥西宅，百花潭北庄"（《怀锦水居止》），那意思是知道万里桥的方位，就知道草堂的方位。万里桥得名于三国费祎出使东吴时，作别诸葛亮的一句话："万里之行，始于此。"这句话的原始出处，是《老子》六十四章中的"千里之行，始于足下"。

　　用万里桥来定位居止的唐诗名句，还有"万里桥边女校书"（王建《寄蜀中薛涛校书》）。诗中的"万里桥边"，指的是薛涛居住的碧鸡坊。薛涛近来收了个女学生，不是别人，乃武相国膝下独生女儿，名小玉，年始及笄，略通针黹，尤好书画，是其父的掌上明珠。

小玉在家，常躲在雕窗后，观看父亲与幕僚的聚会，对段文昌独有感觉，恒存怀想。遂要父亲派个老师给她，辅导学习，意在令其自选。不料武公应声拍板，指定薛涛，即令拜师。小玉于薛涛亦有好感，坦然顺受，行了弟子之礼。小玉有一癖好，便是收集糖纸。唐时糖果原是裸售，商贩为了促销，将绵纸印以花纹，裁成小张，单个包装，专供达官贵人、富人财主消费。售价不菲，然销量暴增。民间女子收集糖纸，渐成时尚。

一日，薛涛在小玉住处辅导功课，突被她的一张糖纸吸引，心中如过电流。归来，立马将各地投赠的诗稿悉数翻出，在床上摊开。只见斗方也有，条幅也有，横幅也有，手卷也有，折子也有；纸质粗糙的也有，纸质细腻的也有；素净的也有，花哨的也有；高雅的也有，村丑的也有。形形色色，五花八门。其中两件，最是精致。一件五色花笺，从纸质及文字考证，当是南朝徐陵《玉台新咏序》中提到的河北胶东之特产。一件襞彩笺，从纸上图案考证，当是陈代后宫制五言诗的用笺。都是诗人家藏的古董，居然用于投稿，真是有心。

大唐雕版印刷业渐兴，诗书画艺术全面繁荣，纸张需求量与日俱增。唐玄宗幸蜀后，大批工匠涌入成都，把成熟的造纸技术带到蜀地。纸厂如雨后春笋般出现。元和年间的成都，已是国内纸张的重要产地。当时纸张尺寸偏大，质地偏粗，色调单一，通作黄色。文人作诗，随意裁纸，浪费既大，亦欠美观。究其缘故，乃造纸工匠缺乏用纸体会，而用纸的文人则没有参与造纸的机缘。

薛涛于造纸，有经久不衰的兴趣，长期近距离的观摩让她对生产流程愈加熟悉，如今又拥有这么多跨越时空的纸产品，简直可以开一家博物馆，写一本专书，做"纸博士"。精品意识，工匠精神，技术革新，有了这三样，何愁做不出原创的品牌！

薛涛在碧鸡坊置业，在宅院内筑五云轩，又租用大片土地，遍植绿竹，模仿王子猷的语气，笑道："何可一日无此君？"作《酬人雨后玩竹》诗，颇示己志：

南天春雨时，那鉴雪霜姿。

众类亦云茂，虚心能自持。

多留晋贤醉，早伴舜妃悲。

晚岁君能赏，苍苍劲节奇。

同时筹资办造纸作坊。她高薪从青城山聘请工人，每日陪伴其劳作，看他们砍、捶、捆、泡、铡、煮、浆、碾、洗、滤、透发、抄、揭、晒，熟悉了每一道工序。她觉得最有意思的一道工序是设色。工匠将各种颜色的花瓣晾干、打碎，按比例掺和在纸浆里搅拌，或适量兑入矿物颜料，做成各色笺纸，或深红，或粉红，或杏红，或明黄，或深青，或浅青，或深绿，或浅绿，或铜绿，或浅云，再裁成适当的尺寸。

一日，薛涛独坐五云轩中，窗明几净，窗外锦江之上，群鸥乱飞。室内书案上铺了羊毛毡，案头置文房之宝。焚香沐浴，鼓琴一曲，始坐案前。只见她将深色笺纸搁置一边，取过槐花汁染的浅云笺纸，用淡淡的朱砂色，在笺纸上画了几笔竹叶。

小玉登门请安，正好撞见，也不惊扰老师，只踮着脚，轻轻走到身后，立定了看。薛涛端详了画在纸上的竹叶，虽寥寥几笔，感觉正好。将笔尖在调色碟里舔了一舔，又在笺纸上题下两句古诗：

谁能制长笛，当为吐龙吟。（梁刘孝先句）

又取过印章，蘸上朱砂色，在纸上钤了。

小玉将手轻轻拍了两下，连声说好道："我想收藏这张。"

薛涛笑道："不过试笔，你若喜欢，拿去好了。"于是取过一张粉红色的笺纸，另用一个碟儿，调草青色，在纸上画了几笔蔬果，又题两句古诗：

欢言酌春酒，摘我园中蔬。（晋陶渊明句）

小玉说："这张更好。"

薛涛把画好的笺纸放到一边，又取过一张浅绿的笺纸，换一个碟儿，调上群青，在纸上画了一把酒壶、一个卷轴，还题两句诗：

何时一樽酒，重与细论文。（杜工部句）

小玉道："这诗我念过，题目是《春日忆李白》，弟兄念想之情溢于言表。"

薛涛道："这两张你也一并收着，画得不好，只是简笔，字纸却须敬惜。"

小玉说："明儿我过生，这就是老师给我的生日礼物了。我还有个建议，该把这画交给细木匠，镂之于木，批量印刷，投放市场，岂不好死了文化界人士。"

薛涛道："这是个好主意。"

小玉道："颜色是否可更浓些？"

薛涛道："这个不比糖纸，糖纸是完成的作品，笺纸是书写的载体，上面还要写字，淡彩就好，不能喧宾夺主。当然，笺画本身也可以成为藏品。"

之后，薛涛在碧鸡坊又办了一个雕版印刷作坊，取郑康成家的奴婢皆读《毛诗》之义，起名"诗婢家"。于是大量生产蜀笺，命名"薛涛笺"。

正式投产的第一批产品，分寄诗词大会的投稿者，其中白居易、元稹、王建各寄笺纸十令。有诗《寄旧诗与元微之》为证：

诗篇调态人皆有，细腻风光我独知。

月夜咏花怜暗淡，雨朝题柳为欹垂。

198

长教碧玉藏深处，总向红笺写自随。

老大不能收拾得，与君开似教男儿。

花开两朵，各表一枝。

却说王建那几天，完成了一个大著作，摊上了一桩烦心事。

原来王建游长安时，有宗人王守澄任枢密使，为内官，两人常在一起喝酒。常言道：兔是狗撵出来的，话是酒撵出来的。酒喝多了，守澄显摆，常讲后宫里的故事，皆史传小说所不载，引发了王建很大的兴趣。于是经过一番缜密的构思，王建创作了百首《宫词》，乃七绝组诗。其词之妙，往往于委曲深挚处见顿挫，也常在酒席间吟诵，以为笑乐。

一日，二王对饮，一言未合，引起相互讥谑。王守澄落了下风，一时钉心，愤然道："老弟写的《宫词》百首，什么'树头树底觅残红，一片西飞一片东'，内廷深邃，你是怎样知道的？明儿传到宫中，天子知晓，该当何罪！"

王建听了一惊，酒醒了一半，为了堵守澄的嘴，遂作《赠王枢密》。诗云：

三朝行坐镇相随，今上春宫见小时。

脱下御衣先赐著，进来龙马每教骑。

长承密旨归家少，独奏边机出殿迟。

自是姓同亲向说，九重争得外人知。

守澄见诗，酒全醒了，瞪大双眼，半天方道："老弟休得赖我。不过诗都写了，也传开了，得想个法子，争取主动，莫让人钻了空子。"

次日，王建刚好收到薛涛邮递的笺纸十令，拆封看后大喜。于是选了深红、粉红、杏红、明黄、铜绿笺纸各两张，抄以润色鸿业为主、百首《宫词》靠前的十首，依次为：

蓬莱正殿压金鳌，红日初生碧海涛。

闲著五门遥北望，柘黄新帕御床高。

又

龙烟日暖紫瞳瞳，宣政门当玉殿风。

五刻阁前卿相出，下帘声在半天中。

又

白玉窗前起草臣，樱桃初赤赐尝新。
殿头传语金阶远，只进词来谢圣人。

又

内人对御叠花笺，绣坐移来玉案边。
红蜡光前呈草本，平明异出阁门宣。

又

千牛仗下放朝初，玉案傍边立起居。
每日进来金凤纸，殿头无事不多书。

又

延英引对碧衣郎，江砚宣毫各别床。
天子下帘亲考试，宫人手里过茶汤。

又

少年天子重边功，亲到凌烟画阁中。
教觅勋臣写图本，长将殿里作屏风。

又

丹凤楼门把火开，五云金辂下天来。
阶前走马人宣尉，天子南郊一宿回。

又

罗衫叶叶绣重重，金凤银鹅各一丛。
每遍舞时分两向，太平万岁字当中。

又

琵琶先抹六么头，小管丁宁侧调愁。
半夜美人双唱起，一声声出凤凰楼。

王建将诗笺用一个精致的漆盒包装，交与王守澄，说与如此如此，这般这般。

一日，元和天子在大明宫麟德殿观看新编歌舞剧表演，有健舞、软舞、字舞、花舞等，发现歌词全是新编的。其中参与字舞的有上百人之多，分组走队形，向各自的方向变换队形。只见她们向两边分开排队，中间的舞女卧在地上，排列成"太平万岁"四字。这种舞要反复多次，王建的《宫词》只记录了其中的这一瞬间。宫女衣着靓丽，队形复杂多变，场面五彩缤纷，感觉非常喜庆。

天子道："这词是谁写的？不亚于李翰林的《宫中行乐词》。"

王守澄赶紧递上盛着诗笺的漆盒，左右宫娥依次传递，恭请御览。天子打开漆盒，立即被五颜六色的诗笺所吸引，问道："纸品产于何地？"

守澄回禀："乃是成都府碧鸡坊的新产品，品名薛涛笺。"

天子又问："哪一个薛涛，是不是西川府上报的那个女校书？"

"正是。"

天子龙颜大悦道："将来中书省、尚书省五色诏书，就用她这个纸了。"

于是薛涛笺声名鹊起，在两京、扬州及各道州府均设有代销机构。诗婢家一再扩大规模，产品仍然供不应求。

正是：王建句敲金戛玉，薛涛笺动地惊天。

韦庄《乞彩笺歌》记录了这一盛况：

浣花溪上如花客，绿闇红藏人不识。

留得溪头瑟瑟波，泼成纸上猩猩色。

手把金刀擘彩云，有时剪破秋天碧。

不使红霓段段飞，一时驱上丹霞壁。

蜀客才多染不供，卓文醉后开无力。

孔雀衔来向日飞，翩翩压折黄金翼。

我有歌诗一千首，磨砻山岳罗星斗。

开卷长疑雷电惊，挥毫只怕龙蛇走。

班班布在时人口，满袖松花都未有。

人间无处买烟霞，须知得自神仙手。

也知价重连城璧，一纸万金犹不惜。

薛涛昨夜梦中来，殷勤劝向君边觅。

正月初八，段文昌生日，薛涛带了贺仪并笺纸一令，往段府贺寿。文昌请薛涛书斋茶叙，薛涛问起其将入京任职的传言，文昌只说一言难尽。未及细说，又有来客，文昌即往大堂应酬。薛涛遂起身，立书架前，依次浏览，忽见一轴手卷下压着张笺纸，十分眼熟。抽出一看，原来是她手绘的，题着杜工部句的那张笺纸，上面字迹娟秀，抄着一首吴声歌曲：

碧玉破瓜时，相为情颠倒。

感郎不羞郎，回身就郎抱。

上下款俱无。薛涛正纳闷，突听脚步声，赶紧将笺纸压回原处。文昌回书斋，继续茶叙，薛涛一时心猿意马，不能久坐，遂托故告辞而去。

第十七回

武相京师遇刺客

李愬雪夜入蔡州

光阴荏苒，一日武元衡聚群僚议事，段文昌走过跟前时，武公嗅到一股异香，立刻辨识出那是苏合香的气味。苏合香系外国进贡，乃元和天子所赐，后来被小玉接管。同时获赠此香者，只有一个李吉甫。

　　武公回府后，即令管家检查家中有否失盗。管家仔细检查后，回禀家中一切安好，只是后花园西北角的一棵桤木并未枯死，却生生地折了枝，吊在空中扯不脱。

　　武公把小玉的贴身丫鬟墨娥唤来审问，连哄带诈。墨娥未受过专门训练，不知道撒一个谎需要用一百个谎去圆，禁不住长时间盘问，露出太多破绽。直至僵持不过，只得如实交代了小姐与段文昌秘密活动的事实，承认小姐主动。

　　武公不动声色，警告管家及墨娥严守口风，不得走漏消息，谁走漏谁人间蒸发。遂将薛涛召来，请教一番。商量好由薛涛做媒，将小玉许配段文昌。

拜堂次日，武公将段文昌和小玉唤到跟前，对文昌说："你在西川混的时间太长，老大不小，岂不闻'富贵应须致身早'？赶紧上长安谋发展，方是个道理。"又修书一封，让他到京后，亲手交给李吉甫大人。

于是择了个吉日让小两口儿启程进京。武公及薛涛一干人，送至北门外的古道长亭。两人见安排着车儿马儿，纵不想离开成都，也是箭在弦上，又因是携手上路，亦不觉烟草凄迷。直到山回路转，文昌小玉不见了人影儿，送行的一队才返回。

元和八年（813），薛涛四十三岁。

世人都说，薛校书淡妆向人，再不添一点老态，看上去三十不到，如果扮戏，演个小姑娘都可以。薛涛笑道："镜子不会撒谎。"

但她听到镜子深处传来一个熟悉的声音："婉儿啊，十五岁的你漂亮，不是你漂亮，是十五岁漂亮。四十岁的你漂亮，不是四十岁漂亮，是你漂亮。六十岁的你还漂亮，不是六十岁漂亮，也不是你漂亮，是你活得漂亮。"

新正，薛涛入幕，见同僚议论纷纷，才知道中使忽来宣旨，召武公紧急还朝，复居相位。裴度随之入京，升任御史中丞。原来，天子拟对藩镇分裂势力继续采取强硬措施，而武公及裴度力主削弱河北、山东各镇势力，甚合天心。正是："圣贤相逢，治具毕张，拔去凶邪，登崇俊良。"

十五夜，大放花灯。

武公离任后，薛涛心中失落，遂于靠近百花潭水的凤凰楼订了一间二楼包厢，约了妙常伏定楼窗，品茶观灯。只见灯市人声鼎沸，琴台路当街搭设灯架，灯架及屋檐下挂满了各色花灯。取象神话的有双龙灯、丹凤灯、八仙灯、牛女灯、梁祝灯，取象名花的有牡丹灯、宝莲灯、芙蓉灯、绣球灯，取象人物的有寿星灯、童子灯、媳妇灯、秀才灯、和尚灯，取象动物的有青狮灯、白象灯、骆驼灯、白猿灯、玉兔灯……千围锦绣，竞连城之秘宝；一片珠玑，皆无价之奇珍。正如卢照邻《十五夜观灯》所言：

> 锦里开芳宴，兰缸艳早年。
>
> 缛彩遥分地，繁光远缀天。
>
> 接汉疑星落，依楼似月悬。
>
> 别有千金笑，来映九枝前。

薛涛指着屋檐下一盏貌似宫灯的花灯，妙常看时，又觉与宫灯不同，只见灯顶风轮的边沿悬挂着三五个人儿，在蜡烛气流的作用下，围着烛光一圈一圈地旋转。薛涛说："'黄尘清水三山下，更变千年如走马。'知道这是谁的诗吗？天才诗人李长吉的。他是大唐王孙，小你我二十岁。近阅邸报，居然说走就走了。人这一辈子，就好像守着一个走马灯，守株待兔似的，时间都不知道去了哪里，但兔子始终没有等来。"

元宵节一过，薛涛因一向胸闷，打算上青城山长住些日子，兼为诗婢家造纸作坊拓展规模。

为了耳目灵通，依然联系小董，随时了解邸报信息。遂知道接替武元衡的人，将是李公夷简。关于这个人，小董介绍道："原是宗室子弟，为高祖十三子郑惠王四世孙，是个性情中人。近年他弹劾京兆尹杨凭僭越奢侈，杨因此被贬到临贺县（今广西贺州）做县尉，至交亲人无人敢送，唯独有个姓徐的下官，送杨送到蓝田。李公听说这件事，不但没有怪罪这个徐某，反而举荐徐某为监察御史，还请徐某吃饭，夸奖他的为人：'你能够对得起朋友，难道会辜负天子吗！'"

薛涛道："佳话，佳话，太令人肃然起敬了。"

元和十年（815），薛涛四十五岁。

见面的人，还是说薛校书经老，样子一点没变。

薛涛说："青城山空气好，养颜。"

六月初三早上，薛涛眼皮跳得厉害。

妙常问是哪边，薛涛说右边。妙常道："这个须小心。"

三日后薛涛立在门外，看着远处的风景，只见小董脚不点地，从小路攀登上来，气喘吁吁，见薛涛就叫："不好了，京中出大事了，武相国遇刺了！"

薛涛大吃一惊，赶紧请小董进屋，妙常也从里间出来，两人招呼小董坐下慢慢讲。

小董心神方定，才又说道："今天初六，三天以前，武相国带着两名仆人，提着灯笼，从靖安坊出发，去赶早朝。刚出坊门，暗中飞出一箭，射灭灯笼。蹿出两名刺客，一个砍倒仆人，一个将武相国掀下马来，取了首级，扬长而去。"

薛涛向后一倒，不省人事。妙常、小董两个将她扶到床上，又掐人中，又拿汤匙喂水。半晌醒来，看见小董，问："武相国真个死了吗？"话音一落，放声痛哭，哭得妙常好不凄惶，在一旁陪着流泪。

薛涛哭罢，道："武相国待我恩重如山，没世难忘。我岂止为了这个而哭？直是为天子，为社稷，为苍生而哭。"遂请小董把话说完。

小董道："同日，裴中丞在通化坊外遭遇行凶，被刺客一刀砍翻，掉进水沟，随从舍身掩护，被砍断右手。刺客以为裴大人已死，遂仓皇逃窜。消息传开，京城震恐。天子随即取消当日早朝，召集宰相议事，下令捉拿凶手。凶手气焰嚣张，居然到处散发纸条，纸条上写着八个字：'毋急捕我，我先杀汝！'"

薛涛道："此必是河北王承宗（成德节度使）、山东李师道（平卢淄青节度使）那些坏家伙之所为。今年正月，天子下令诏讨淮西叛镇吴元济，吴元济就遣使求救于王承宗、李师道。王、李二人，恐朝廷将其各个击破，曾多次上表请赦吴元济，武相国力主不从，故遭暗算。然而血债血偿，今裴大人在，天子必相倚重，是必济事！"

六月二十五日，天子下诏，任裴度为门下侍郎、同中书门下平章事，继武元衡为宰相。不出薛涛所料。

元和十二年（817），唐军征讨淮西战事进展不利，宰相李逢吉、王涯等人以劳民伤财为由，劝天子罢兵，裴度缄默不语。天子请他发言，他说："臣请赴前线督战。"

罢朝，天子单独留下裴度，问："卿果真能替朕出征？"

裴度匍匐流涕道："臣与贼誓不两立！吴元济所以不降，实因诸将意见不统一，都在观望。今臣亲赴行营，视死如归，诸将见势，必争功以固宠，不愁吴贼不除。"

天子感动，立即准奏。裴度亲赴行营，战局神变。

十月中浣，青城山满山红叶、黄叶和绿叶，交织成五彩斑斓的画卷，薛涛仿佛置身于童话世界。正在观景，小董突然兴冲冲赶来，一面擦着额上的汗，一面递与薛涛一张纸道："邸报号外，淮西大捷！'李愬雪夜入蔡州'了！"

薛涛进得屋来，见妙常歪在床上正想睡觉，便道："快别睡了，来看喜报。"

两个摊开邸报，报上写着：十月初十，风雪交加。将军李愬见时机成熟，利用天气掩护，以三千人为先锋，三千人断后，自领三千人，奇袭敌营。夜半时分，雪越下越大，大军不畏严寒，抵达蔡州城下。城下有鹅鸭池，李愬令士兵惊动城中鹅鸭，利用鹅鸭嘎嘎的叫声掩护行军。李愬率军登上城墙，斩守军于熟睡之中，然后打开城门，大军悄然入城，生擒吴元济。

薛涛心中激动，竟掉下泪来，道："淮西大捷，武相国有知，亦当含笑九泉矣。"于是与妙常换了身素服，到后山设了灵位，将号外焚化，了却一桩心愿。

却说淮西大捷之后，裴度率军凯旋，行次潼关，将向华州。文豪韩愈以行军司马身份作成一诗，题为《次潼关先寄张十二阁老使君》，由快马递交华州刺史张贾，通知对方准备犒军。诗曰：

荆山已去华山来，日出潼关四扇开。

刺史莫辞迎候远，相公新破蔡州回。

天子读到，龙颜大悦，即令韩愈执笔撰写碑文，勒石记功。韩愈亲身经历，写作很在状态，行文酣畅淋漓，一气呵成，题曰《平淮西碑》。文中除歌颂天子英明，重在叙述裴度运筹帷幄之功，而于李愬雪夜入蔡州却着墨不多。愬妻韦氏乃唐安公主（天子姑妈）之娇女，一气之下，激情投诉于天子。天子不好办，只得答应妥善处理。

时段文昌为翰林学士。自武公遇刺身亡，家中又生变故。小玉以悲伤过度，伤及气血，竟至玉殒。段文昌忽然得到圣旨，令其重撰碑文。于是饮了鸡血一般，振作精神，援笔直书。稿成，经天子过目，准予勒石。段文昌因新撰《平淮西碑》，在朝身价倍增，不久即加知制诰①，翌年又拜相，授中书侍郎、同中书门下平章事。段文昌拜相后的第一件事，就是探问刘禹锡近况，将他调回尚书省，任礼部郎中。

薛涛在青城山，同时读到"韩碑"和"段碑"碑文的抄本，对妙常道："韩文雄深雅健，粗砂大石，磨灭不了。段文措辞平允典重，理胜于辞，亦可传世。"

---

① 知制诰：古代官名，主要职责为皇帝草拟诰令。

第十八回

王播寄食木兰院

薛涛口占菊花诗

元和十三年（818），薛涛四十八岁。

　　秋天到了。一日早起，天气亢爽，妙常来看薛涛，见她正自梳头，便道："我来服侍你。"于是站在身后，接过梳子，给她梳了起来，一边梳一边说："姑娘前年一根白发都没有，现在鬓边夹了点白发了。"

　　薛涛笑道："岂不闻'高堂明镜悲白发，朝如青丝暮成雪'乎？人生就是这样，日子还没怎么过，转眼间就老了。"

　　妙常道："我来给你拔一下。"

　　薛涛道："千万别拔，本来掉得就多，越拔越少了，尽它多几根。我今儿要去幕府，王大人要见我呢。"

　　妙常道："哪个王大人？"

　　薛涛说："新任府主姓王讳播，太原人，也有说扬州的。是个有故事的主。"

　　妙常道："我要听故事。"

218

于是薛涛讲道："你听说过'饭后钟'这个言子没有？没有吧？故事里的主就是王大人。王大人小时候孤贫，客居扬州惠明寺的木兰院，随和尚吃斋饭。日子长了，和尚也厌烦他，故意在饭后才敲钟。王大人闻声就食，往往扑空。那尴尬，和汉高祖早年听见大嫂刮锅的节奏差不多。后来王大人腾达了，故地重游，众和尚已认不出他来。而他早年题在墙上的诗，已经被和尚用碧纱幕当作文物一样保护起来。于是又题两首诗。"薛涛吟哦道：

二十年前此院游，木兰花发院新修。

而今再到经行处，树老无花僧白头。

又

上堂已了各西东，惭愧阇黎饭后钟。

二十年来尘扑面，如今始得碧纱笼。

妙常道："这种事古来多了去了，和尚又咋样，亲人还势利呢。苏秦落魄回家，老婆还不下机呢。后来发迹变泰，一家人态度变得快哟，他大嫂还说：'谁教小弟现在腰带鼓这么高呢？’”

王大人上任，薛涛为表欢迎，先已献过一首《上王尚书》。诗云：

> 碧玉双幢白玉郎，初辞天帝下扶桑。
>
> 手持云篆题新榜，十万人家春日长。

诗中形容王大人为"白玉郎"，就是故事产生的印象。

已时，薛涛趋府，递帖，守门人说声请，进到里间，值班的起身道："校书来啦，王大人在浣花亭等你呢。"薛涛来到浣花亭，见几个早到的，都穿着夹衣，在敞榭里围着一个老头坐着，啜茗闲谈。薛涛自忖道："中间那个老者，难道是王大人？比想象的可老多了。"

茶案上的瓶中插着几枝菊花，亭子四周的花圃里也满是菊花，单薛涛认得的就有甘菊、雏菊、白菊、墨菊、紫菊、复色菊、金盏菊、金丝菊等。有的才生骨朵，有的已然绽放。

敞榭里有人看见薛涛，说："薛校书到了。"有几个便起身让座，薛涛相见礼毕，坐王大人旁边。王大人对薛涛说："别无他事，重阳节快到了，今日做个菊花会。待会儿，还请校书作诗。"薛涛道："不敢，他们几个会作。"

王大人问："校书事韦公最久，人都道他是诸葛武侯再世，此言当真？"

薛涛道："至少有一比吧。武侯之世，魏、蜀、吴天下三分，他取个'东和孙权，北拒曹操'的法子，开济两朝，只可惜出师未捷。韦公镇西川，西北是吐蕃，西南有南诏，也是个鼎足之势。韦公的策略是优抚南诏，抵御吐蕃，也是个长治久安之道。蜀人至今感恩戴德，韦公真可以配祀丞相祠堂。"

王大人又问："吐蕃与南诏何异？"

薛涛道："吐蕃实力强，安史乱后，全不把大唐放在眼里，有利必争，从不客气。松赞干布时代，因文成公主和亲，大唐与吐蕃结为甥舅关系，是最好的亲戚。松赞干布死后，大论禄东赞执掌大权，实行扩张政策，蚕食大唐领土，形成极大威胁。南诏地盘大，但实力较吐蕃为弱。立国时依靠了大唐，世称唐臣。摸着良心讲，南诏更愿意称臣于大唐而不是吐蕃。因为吐蕃待他刻薄，大唐待他宽厚。坏在天宝年间，杨国忠、鲜于仲通两个糊涂蛋，把好好一个南诏，生生逼向吐蕃。可就算是兵戎相见了，南诏也没把话说绝，仍留有后路。这就是区别。当然，南诏不蠢，有利可图时，也不是谦谦君子。"

王大人道："时人戎昱诗云：'汉家青史上，计拙是和亲。社稷依明主，安危托妇人。'校书对和亲这个事怎么看？"

薛涛道："我是不敢苟同诗中所言。和亲就是亲和。民族关系和人际关系一样，打亲家就是两族缔亲。这也不是汉家天子的发明，而是南匈奴呼韩邪单于称臣归附，三次朝觐，自请为婿。而文成公主入藏，也是松赞干布主动求亲。汉元帝、太宗皇帝做正面回应，是明智之举，也是高姿态之举，赢得了长时期的和平，不得谓之'计拙'。'妇人'的作用也不可小觑，若无女娲补天，只怕天下还在苦雨呢。"

王大人又问："韦大人对南诏的优抚，最关键是哪一条？"

薛涛道："我看是教育帮扶。南诏重视教育，尊重人才，以大唐为师，乐意派子弟到成都石室寄宿学习。年深日久，自然亲密。立国与做人一个道理，不能霸道，也不能软弱。自己霸道了，莫怪人恨你；自己软弱了，莫怪人欺你，不欺你欺谁！"

王大人笑道："听说过这一招，你是个幕后英雄。"

薛涛道："不敢当。就算有好的建议，还得有人采纳；就算有天大本事，还得有人用你。"

陪坐的几个僚友交口称赞，都说："薛校书是个活字典，西川的事，问她没有不知道的。"

薛涛突然说："我的诗已经作成了。"

王大人惊讶道："你还会一心二用？"薛涛站起来，走到书案边，书案上摆着笔砚。几个幕僚跟着，有的铺纸，有的磨墨。薛涛提笔蘸墨，略一思索，从容写道：

西陆行终令，东篱始再阳。

绿英初濯露，金蕊半含霜。

自有兼材用，那同众草芳。

献酬樽俎外，宁有惧豺狼。

众人都说好，王大人道："'自有兼材用，那同众草芳'，把自个儿放进去，这样的咏物诗，才算得是风流自赏。结尾两句，也有深意。"

那天薛涛回家，对妙常说："这个王大人，为御史时因生性刚直不阿，不畏权贵，得罪了京兆尹李实，被贬为三原县令。到任后，县中豪强犯法，王公均将其绳之以法，不予宽宥。年终考课，政绩突出。王公有极强的办事能力，公文堆成山，胥吏排着长队请他批示文件，他都快刀斩乱麻，决不拖泥带水。别人叫苦连天，他却甘之如饴。当时僚属，莫不叹服。在处理南诏的关系上，他只要能萧规曹随，循韦公故事，西川的防务，可无大碍了。"

第十九回

诸将惯贪羌族马

洪度深入岷江游

穆宗长庆三年（823），薛涛五十三岁，玉体违和，在青城山养病。每日里因诵读陶渊明《归去来兮辞》而心态平和："寓形宇内复几时？曷不委心任去留？胡为乎遑遑欲何之？富贵非吾愿，帝乡不可期。怀良辰以孤往，或植杖而耘耔。登东皋以舒啸，临清流而赋诗。聊乘化以归尽，乐夫天命复奚疑！"

　　十月，杜元颖镇蜀。杜元颖是唐初名相杜如晦五世孙，其父杜佐官卑职小。元颖本人于贞元末进士登第，元和年间与段文昌同在翰林院为学士。吴元济平，元颖以书诏之勤被赐绯鱼袋。穆宗皇帝即位（821），召对思政殿，拜中书舍人，同年又拜相。出身辞臣，擢升速度如此之快，是没有先例的。

　　杜元颖到任，薛涛接到请柬，时病体稍愈，遂回成都出席酒会。杜大人从京中带来一位大师，号称"诗王"，自谓无敌。薛涛初甚敬之，语及元才子诗，此人颇有微词。薛涛又问李季兰诗如何，大师道："从未听说此人，元才子还略知一二。"于是薛涛大为不爽。及杜大人劝客饮酒，薛涛乘着酒劲，行至大师前，大师举杯，薛涛将酒洒于地，道："此杯先敬祖宗。"又斟满杯，一饮而尽。杜大人及宾客见状，皆不作声。大师甚为尴尬。

第二年春天，因总不见杜大人召见，薛涛亦不愿诣府，时病体康复，即与妙常包租一条小船，从都江堰外江顺流而下，考察岷江流域的生态去了。

上船那天，天气阴沉，接着飞起了毛毛雨。春寒料峭，阵阵河风砭人肌骨。舟子把两边的船篷放下，抱草荐铺在前舱，再铺一层毡子。薛涛两个相对坐了，用一床被子将下面盖了，架上一个几案，摆上小酒和几盘腌蛋、熏鱼，浅斟起来，一种新鲜劲儿弥漫全身，完全感觉不到从船头钻进来的寒风。

午后太阳出来，薛涛将船篷推开，只见岷江宛似卧虹，沿江一线分布着星星点点的场镇。远山逐渐淡出，平原田畴过了，又是小桥流水，又是日出而作的人。关上船篷，两个唠嗑一阵。无话时，又推开船篷，只见无际农田，田中插着个把稻草人。江水傍龙泉山脉东麓流过，有一些很低的缓坡，农家门前有堰塘，堰塘里种植着薛涛喜欢的菖蒲。

少时，船家娘子进舱添水既毕，便坐在旁边陪着，问她们有什么需要。薛涛道："大嫂往来江上，见识的多了，不妨跟我们唠唠新闻，嗑嗑闲话儿。"

船家娘子道："我是粗人，没啥文化，也没甚说的。只是这一年吧，衙门派来寻宝的人接连不断，民间摊派多了起来，金匠、银匠、玉匠、木匠，制作个不停。沿路押运的车马，也多了起来。百姓叫苦不迭，不知官家可曾晓得？"

薛涛瞅着妙常道："这要记下，是个严重的问题。"

船过蜀州（今四川崇州），薛涛说："这个州是武太后垂拱二年（686）年设置的，那时诗人王勃已去世十年，所以他那首著名的《送杜少府之任蜀川》，有人抄成'蜀州'，是不对的。置州前，或习称蜀州，也未可知。杜甫在成都，有个朋友也是著名诗人，叫裴迪，两人曾同游新津，还给当时的蜀州刺史王缙寄了首诗。"

船到新津（今成都市辖区），这里是岷江、西河、南河（蒲江河）三江交汇的地方，薛涛说："岷江干流经过的州县中，这里离成都最近，只有八十里路，骑马半天就到了。刚才提到王勃诗，其中'风烟望五津'的'五津'，一说指岷江这一段的五个渡口，新津是第一个。因为离成都近，王勃说'五津'，其实就是指新津。新津在秦朝属蜀郡，到汉武帝时属犍为郡，划入边区了。"于是问船娘："犍为一带的那些人，生活可还安好？"

船娘道："别的还好，只是近来盗马贼多起来。一个汉子夜里盗马，被马踢倒在地。羌儿听见草屋下有嘶喊踢跳之声，便打着火把查看，一举将贼捉住，审问后才知原来是官军中的军汉，只得又帮贼包扎伤口，好饭管吃，听候发落。告到土司，土司闻是部曲之辈盗马，亦不敢按问，府县官吏听了也装哑巴。"

薛涛惕然道："军纪坏弛如此，可不是件小事。"

不觉天色渐晚，小船靠岸系了。虑及船上过夜气温偏低，打听到新津驿就在三江汇合处的修觉山上，薛涛两个便打算上岸投宿，明日再继续行路。

新津驿离渡口不远，薛涛两个来到驿馆，见了驿丞，出示告身。驿丞亲领至后院楼上双人间入住。放好行李，二人下楼参观，将门楼、驿楼、厅堂、回廊、小轩、诗墙一一看了，诗墙上赫然书写着八首杜诗。薛涛对妙常说：

"杜甫居成都，不止一次来新津，居然写了八首诗，这可是一笔财富。你看写得多好！'蝉声集古寺，鸟影度寒塘'，说明修觉寺里的树木既多又高，所以秋蝉都飞到这里来了。写飞鸟不说天空，因为天空是飞不过去的，但'寒塘'里的鸟影，一下就飞过去了。多生动啊！再看这个，'江山如有待，花柳更无私'，这是第二年（761）春天杜甫重游新津时写的，诗人觉得新津好像等着他来，春花春柳全都为他生发。情感多么投入啊！还有这个，'西川供客眼，唯有此江郊'，简直是在为新津打广告，说西川的风光，到此可以观止了。"

妙常道："经你这一说，我也明白了。确实是好诗。"

次日，薛涛和妙常上船，继续南行，江水切过龙泉山余脉，到达比较平缓的嘉州。这一地区的岷江两岸，出现了著名的青神峡。青神峡又称"岷江三峡"，又称"平羌小三峡"。两人走出舱外，观赏画廊一般千变万化的三峡风光：犁头峡清幽迷离，背峨峡奇丽多姿，平羌峡奇险雄壮。薛涛说："当年李白仗剑离家，在这里留下了千古绝唱《峨眉山月歌》。"于是吟哦道：

峨眉山月半轮秋，影入平羌江水流。

夜发清溪向三峡，思君不见下渝州。

当夜宿清溪驿。清溪驿是当时由岷江出蜀航道上重要的港口码头，十里长峡间峰峦叠翠，猿声不绝，河道蜿蜒，两壁水面下有十八块突兀的大石围崖对峙，人称"十八罗汉抢观音"。一尊尚未凿完的平羌大佛，更是峡中引人入胜的奇景。

妙常倚窗看景，要听李白的故事。薛涛说："据太白自述，他年轻时与逸人东岩子隐居于岷山之阳，也就是青城山。又说'养奇禽千计，呼皆就掌取食，了无惊猜'，其实就是放鸽子。但名声在外，引得广汉太守来看稀奇，还要举荐二人赴有道科举。太白婉言拒绝，其实另有打算。那时他才二十五岁，好年轻嘛，心中想的是买船出蜀，拜会国师司马承祯。他从青城山出发后，走的就是这一条水路，晓得了吧？"

妙常神往道："啊，好幸福。"

船过犍为，快到戎州（今四川宜宾）——"万里长江第一城"的时候，薛涛从船娘口中听到比盗马事件更加吊诡的情况。船娘说："听别人说，巂州等地的戍边健儿，衣食不足，常潜入南诏境内盗掠财物和食物。南诏当局不以为怪，反教当地人提供衣食相资助。南诏还发展线人，打探、收集西川防务及社会相关情况，或请老乡带路，勘测地形。南诏很舍得花银子的。"

薛涛不听则已，一听则听出一身冷汗。趁船娘出舱，即对妙常耳语："少则一两年，多则两三年，成都或有血光之灾。"

到岷水、长江汇合处，二人夜宿浦口驿馆。薛涛连夜将沿途得到的信息条分缕析，写成紧急报告，贴上羽毛，交驿递急送西川节度使幕府。

第二日，另上一条客船，与妙常两个，追随着元稹的出川路线，经过长江三峡，向着江陵，做长途旅行去了。

第二十回

南诏闪电袭成都

薛涛立马下青城

文宗大和三年（829），薛涛五十九岁，居浣花里碧鸡坊。

　　经常有熟人向薛涛请教保养之道，薛涛说："人生好比上坡下坡。前半生是上坡，前面都是风光，幸福唾手可得，连听到敲门声都以为是幸运女神光顾。后半生是下坡，不再有什么盼头，只求不要断崖式下落，但愿死于安乐。我的保养之道，是不保养，只是有个习惯，坚持冷水洗澡，六十岁视死如归。"又补充道："老子说：'吾所以有大患者，为吾有身。及吾无身，吾有何患？'孔子说：'朝闻道，夕死可矣。'"

　　都江堰将岁修，薛涛时避暑青城山。一日，与妙常同往青城县，去二王庙上香，赶庙会，也好置办些生辰用的东西。青城县在青城山麓，山峻水疾，田畴殷沃，前临成都，后接诸夷。其民大抵敏慧有文，慷慨多勇。

　　此番庙会，百戏施呈，城中仕女，倾城出动。大户人家或搭设大棚，邀请亲戚同看，朱门女眷莫不盛妆斗富。薛涛两个在街边小店坐下来，要了咂酒和浸萝卜，正在摆，还没吃，只见通往城外的小路上，一队队人跟斗扑爬地，牵线子似的跑。一问，说是成都来的流民。

都说是南蛮的军队进了成都府。又说邛崃天台山前两天突然响起钟声，却并不知道钟在哪里。积古的老人说："这是南蛮侵犯的征兆，原来传说竟是真的。"

一个女孩说："我在城外幺姨家和表姐姐一起耍，看见城里的居民沿路往城外跑。我心里着急，反向往城里跑，正好撞见妈妈，只见她手里拿着个叉子，失魂落魄，梦游一般，一颠一簸地走，我喊她，也不答应。再大声喊，她答应一声，像梦中惊醒。问她：'爹爹呢？'她说不晓得。我想进城去看，她说背时的，莫回去，城里的人都在跑蛮子。到现在，我还不晓得爹爹是生是死呢。"说罢便呜呜地哭了起来。

一个秀才模样的人说："这次蛮军进城，奇怪得很，一不杀人，二不放火，只拿着花名册分道捕人，捉住了就关到一处。专寻能工巧匠、乐籍人士及有一技之长者。还到处贴标语，写着'活捉杜元颖''拥护大唐天子'。城门口张贴着女校书画像，并有巨额赏格。进出城

235

门的妇女，凡有姿色者，皆按图比对，疑似者发现了几个，暂时拘留，尚待甄别。"

薛涛对妙常道："你我必须回成都！他不敢杀人放火，即非凶徒，怕他则甚！"妙常道："你没听见吗？正捉拿你呢。"薛涛道："听见了的。他按图缉拿，就凭一张二十年前的画像？他们要认得出画中人是我，我倒高兴呢。你且放心。打个比方说，二十年前掉进水中一把剑，二十年后还能凭记号从水里捞上来吗？水都不知过了几多丘了，船儿都不知道划到哪里去了哩。"

于是来到青城驿，找到驿丞，出示告身，打条子借了马。两个人换了轻装，薛涛选一匹白马，妙常选一匹黑马，拣大道直奔成都而去。一路上只听风在耳边呼呼地吹，马蹄声嗒嗒地响，薛涛全然忘了自己的年纪，只觉得身轻如叶，飘飘欲仙，仿佛骑在鹏背上飞。妙常紧跟着她，越看越像回到了多年前打马球的样子，感觉十分神奇，气喘吁吁地说："照你现在这个样子，认不出你来才怪！"

到达成都北门，天色已经晚了，人困马乏。城门还开着，有士兵手执火把，见她两个，喝令下马，上前盘问。薛涛也不多话，只说是成都石室的家属，南诏军中颇有熟人。哨兵打量她眼角有几缕鱼尾纹，没朝画像上想，便放她两个进城。

薛涛两个勒住缰绳，慢慢地走，街上一个鬼影儿都没有，静悄悄的，像进了一座空城。行到文殊院街，前面走出一队人马，叽咯叽咯作躲舌之语，薛涛迎上去拟打个问询。这一问不打紧，十几个军汉一下围了上来，拿火把照她们的脸。其中有一个象胥（翻译官），操着成都话盘问道："你两个是何等女子，竟敢在大街上夜行！"薛涛道："见你们长官再说。"另一个军汉对象胥叽咯了几句，薛涛听懂了，大致是说："天都黑了，先关起来再说。"忽然有人说长官到了。

军官高高的个子，仪表堂堂，见到薛涛突然唱了声喏，令随从退开后小声道："万里桥边女校书，多时不见，您咋还是那个样子？"妙常见他认出薛涛，心中暗自叫苦。薛涛却不惊不诧，从容道："没认错吧？"火光照在军官脸上，薛涛觉得有几分面善，只听他说："我叫诺舍布，羊苴咩人，是您石室的学生呢。两位切勿慌张，天塌下来高个子顶着。"

遵照薛涛的意思，诺舍布护送她和妙常去了九天一都。茶铺关着门插着锁，敲了半天，一个老者出来应门，原是茶铺的老管家，一个孤人。老管家见了薛涛，又惊又喜，不待问话，便道芝兰被蛮兵掳走了。薛涛请诺舍布办的第一事，就是营中捞人。诺舍布满口应承，记下姓名、年纪、特征，暂时告辞。薛涛二人进得茶铺，安顿住宿。少时，老管家即送来热粥两碗、香肠一碟、萝卜干一碟、热水一壶，让她们将就用了，早点歇宿。

第二天，诺舍布巳时便来，说事已安排，请薛校书放心。于是同上二楼用茶。薛涛楼头四望，想起杜工部笔下的《成都府》，依旧是"曾城填华屋"的情景，辨得出哪里是郫江、哪里是摩诃池，却感觉不到"喧然名都会，吹箫间笙簧"的气氛。又想起老先生笔下的《春望》："国破山河在，城春草木深。"不觉黯然神伤。

诺舍布叙了些仰慕的话，然后压低声音，向薛涛透露事变的原因、态势及走向，他说："我在石室学习过，算是您老的学生，是个亲唐派，可以掏心说话。先王异牟寻在时，自称'世为唐臣'，和大唐的关系是亲善的。现在的幼主形同傀儡，大权实际上掌握在王嵯颠手中，窥伺于大唐、吐蕃之间。这次入侵行动，酝酿了至少五年。之所以选择这个时机，完全是因为天子任人不当，杜元颖昏聩。

"王嵯颠突然袭击成都，当然是为了利益。他首先看重的还不是西川的财富，而是大唐灿烂的文化和先进的技术。不弯道超车，南诏五十年也追不上大唐的。突然袭击，抢夺人才，兼掠财富，才能实现利益的最大化。武大人镇蜀时，是无机可乘的，只能隐忍。王大人镇蜀，时机也不成熟，还得隐忍。而杜元颖镇蜀，机会就到了。此人贪婪媚上，自高文雅，不晓军事，巧取豪夺，致西南戍边士卒衣食不足，皆越境抄盗以自给，至有盗马行为发生，将短板完全暴露，直是授人以柄。加之唐军军纪松弛，毫无戒备，南诏军队得以长驱直入，至邛州，唐军大败。这有一份南诏上大唐天子书，您老且看看。"

薛涛接过诺舍布手中的一卷轴，展开看到表上写着："南诏世为唐臣，从来忠于职守，何敢侵边？但杜元颖不恤三军，令部属入疆做贼盗马，移文告知，都不见信。故蜀部军人，继为向导。盖蜀人怨苦之深，求我诛杀恶帅，未能达到目的，特上书请陛下诛杀他，以向蜀人谢罪。"

妙常插话道："也是成都合有此难，一个杜元颖，一个王嵯颠，两个人配神了。"

诺舍布说："天子已经降旨，将杜元颖撤了，贬为邵州（今广东韶关）长史，何啻连降四级。接替他的是东川节度使郭钊，此人是代宗皇帝的外孙，郭子仪的后人。东川兵力不足，郭钊不想与南诏兵戎相见，只修书指责王嵯颠背信弃义，王嵯颠回复：'杜元颖挑事，我方是自卫反击。若大人愿意修好，我方立即撤军。'所以我的任务是断后。

"王嵯颠这次当然是大捞一把，南诏把他当英雄。这数以万计被俘的专业人员，他是一定要带走的。不然仗就白打了。王嵯颠这样安抚他们：南诏四季如春，可提供就业机会，待遇从优。只要为当地贡献力量，表现得好，三年后，想归唐的即可归唐，不想归唐的可以长留南诏。并规定一路上不准哭，不过过了大渡河，在规定时间内，即可放声大哭，尽情发泄。据说有人情绪失控，往河里扑，想游回去，结果被大水冲走。多数人识时务，互相安慰，希望挨到三年以后服务期满，返回成都。王嵯颠的这些工作方法，都是跟大唐学的。坊间传说在大渡河投水死了几千人，太夸张了。"

薛涛道："这次成都失财，免却血光之灾，已是万幸。"

妙常道："就是，过去战俘遭割耳朵，太没人性。"

诺舍布说："这次不许的。不过，成都的损失不

240

小，将来也是要还的。"

说着，听见楼下传来咚咚敲门之声，薛涛心头一热。几人一齐下楼，打开大门，果然见到芝兰，荆钗布裙，形容略见憔悴，倒也没有想象的狼狈。诺舍布见事已办成，因公务须得抽身，走时留下一张纸条。叮嘱关紧房门，他来保证安全。

芝兰略加梳洗，少许进了些饮食，这才坐下，对薛涛等讲近日的情况。她说："南诏这回是出了高人，你偷他的马，他抓你的人，而且尽是能工巧匠和善营生意的人。不知是谁出的这个主意。蛮兵军纪严明，比西川行伍强多了，对待俘虏，虽简单，还不至于粗暴。日子虽不会好到哪儿去，却也不至于猪狗不如。这几天，我满脑子想的是，下一步如何把九天一都的生意做到滇池去呢。没想到一个鸡蛋的梦，今天早上突然惊醒，蛋打破了。看来坐镇滇池的这番计划，不知道要推到猴年马月才能实现了。"

一番话说得妙常哈哈大笑，薛涛则道："听你这样一讲，我心中一块石头终于落地了。"

事实上，被集中关押的难友，心情并没有芝兰讲得这样轻松。蔡文姬归汉时，诗中写道："兼有同时辈，相送告离别。慕我独得归，哀叫声摧裂。"只不过芝兰是个天性乐观的人，不肯讲阴暗的一面罢了。当时，成都府一位叫雍陶的青年诗友，根据所见所闻，写下《哀蜀人为南蛮俘虏五章》，真实记录了这场事变。诗云：

初出成都闻哭声

但见城池还汉将，岂知佳丽属蛮兵。

锦江南度遥闻哭，尽是离家别国声。

过大渡河蛮使许之泣望乡国

大渡河边蛮亦愁，汉人将渡尽回头。

此中剩寄思乡泪，南去应无水北流。

出青溪关有迟留之意

欲出乡关行步迟，此生无复却回时。

千冤万恨何人见，唯有空山鸟兽知。

别巂州一时恸哭云日为之变色

越嶲城南无汉地，伤心从此便为蛮。

冤声一恸悲风起，云暗青天日下山。

入蛮界不许有悲泣之声

云南路出陷河西，毒草长青瘴色低。

渐近蛮城谁敢哭，一时收泪羡猿啼。

第廿一回

文饶初顾碧鸡坊

西川高起筹边楼

大和四年（830），薛涛居碧鸡坊，宅院遍种菖蒲。

节度使郭钊抱病，上书请人代理职务。

十月，朝廷授李德裕检校兵部尚书、成都尹、剑南西川节度使、管内观察处置使、西山八国云南招抚使。李德裕，787年生，字文饶，赵郡（今属河北）赞皇人，名相李吉甫之子，晚拜太尉，封卫国公，世称李卫公。他年纪小薛涛十七岁，是个晚辈。

初冬天气，却晴得好。一日，薛涛对妙常说："今上年轻，大权旁落，朝廷内外，宰相、宦官、朝官、藩镇各种势力交织，相互博弈，党争愈演愈烈，复杂得很。听说过'牛李党争'吗？李德裕就是李党的党魁，是时代风云人物。听说近日已到任上，三五日内必有召见。"

妙常问："李大人可有故事？"

薛涛道："多了去了。他小时候叫台郎。武相国和李吉甫同列，曾见过台郎坐在元和天子腿上，被当宝贝似的逗着玩儿。他爹常对人夸儿子敏辩。一天，武相国见没有旁人，就测试台郎道：'孩子，你在家读什么书？'台郎圆睁着两眼，一言不发。第二天，武相国和他爹说起这事，奚落道：'当爹的，痴了吧？'李吉甫脸上挂不住，回家问儿子咋的。你猜台郎怎么回答？他说：'武叔叔一个大臣，不问国家大事，却问我读什么书，这是礼部该管的事，所以我不回答他。'《世说新语》载孔北海小时，别人说：'小时了了，大未必佳。'孔北海应声回答：'想君小时，必当了了。'两人如出一辙，这台郎真是孔北海之后身了。"

正说着，门卫手持名纸来报："剑南西川节度使李大人登门拜访。"

薛涛笑道："蜀中人，说不得。说曹操，曹操就到。"

遂起身，由侍女云容、雨态两个左右护着，出得大门，见一乘车马，上张皂盖，旁边立着个官人，威仪棣棣，相貌堂堂，便知是李大人了，忙上前道万福。李大人赶忙扶住，拱手还礼，又吩咐随从递上礼品，乃蒙山新茶两盒。

云容领客至雅间，李德裕看时，见藤床、花架、禅椅、香几、花瓶、镜台、笔砚、彩笺、棋枰，一应俱全。

雨态请李大人东向坐定，捧上茶来。

德裕道："薛校书声名远播。我在京与元稹时相过从，常听他说起你。从他那里借阅过校书大作，景仰得很。'纷纷词客多停笔，个个公卿欲梦刀'，所言不虚。今日亲接仙风，直是三生有幸。"

薛涛道："'感君说项愧虚名，实自不符情自真。'李公大作，我亦拜读过，自愧弗如。特别是那首《长安秋夜》，身份地位不同寻常，真能表现宰相的肚量，我应该还背得。"于是吟哦道：

内官传诏问戎机，载笔金銮夜始归。

万户千门皆寂寂，月中清露点朝衣。

德裕道："见笑。"遂问："成都府去年遭此涂炭，元气大伤。重振河山，百废待兴。薛校书对蜀中古今人事了若指掌，去年厄难，又亲身经历，有何妙策，请多指教。"

薛涛见他言辞恳切，遂将这几年的考察见闻、所思所想如实相告。然后说："自南诏入侵，民不聊生，郭大人贵体违和，不能理事。老身以为，大人到任的第一要务，是整饬边防。大人须亲自对西部山川、城邑、道路、关隘做一番调查研究，重新绘制包括大唐、吐蕃、南诏三方在内的军事地图，修缮防守工事，练兵积粟，巩固边防。其次，攻心为上。可派遣使者出使南诏，重新缔结友好条约，同时要求遣返被掳掠之工匠等。诚如是，则山河可以重振，民心可以收拾，元气可以恢复。"

德裕喜形于色道："薛校书所见，正合我意。我想在锦官城西南方向筑一座筹边楼，作为谋划军事及接待的场所。壁画军事地图，将山川、关隘、地名，处处新志之，必使边城地势险要及异同一目了然。登斯楼也，犍为僰道、黔中诸郡、山川方域，尽收眼底矣。"

薛涛称善。

德裕抬眼，看见墙上挂着一幅《巴峡图》，便起身细细观摩。上有薛涛题诗：

千叠云峰万顷湖，白波分去绕荆吴。

感君识我枕流意，重示瞿塘峡口图。

薛涛说："这个是雍秀才雍陶送的，这人特别擅长七言绝句。因我当年曾游历三峡，亏他费心，送了这样一幅图。看这幅图，就想起郦道元《水经注》里引盛弘之《荆州记》的那段经典描写：'自三峡七百里中，两岸连山，略无阙处，重岩叠嶂，隐天蔽日，自非亭午夜分，不见曦月。'"

德裕问："校书游三峡，印象最深的是什么？"

薛涛道："我本来是冲着巫山庙去的，哪知道巫山根本没有那座庙，或许毁了也未可知。'屈平词赋悬日月，楚王台榭空山丘。'李太白不余欺也。所幸昭君村尚在，我去好好瞻仰了一番。村边石壁上还刻着杜工部的《咏怀古迹》：'一去紫台连朔漠，独留青冢向黄昏。画图省识春风面，环珮空归月夜魂。'真是千古绝唱，教人顶礼膜拜。文姬归汉，其情已然惨切；昭君出塞，事迹更加悲壮！"

李德裕道："今日登门，收获多多。暂且谈到这里，我还想看看你的花园呢。"

于是薛涛起身，云容上前搀着，雨态带路，领贵宾同往后花园。花园约占两顷地，四周草木环绕，因是冬季，也没什么花可看。菖蒲之外，李德裕还辨得出哪是牡丹，哪是蔷薇，哪是芍药，可知是有养花经验之人。又说："成都不能只赏桃花，只说梅花，来年春天，我给你添点珍稀品种。"小小卖个关子，就要告辞。

送客之后，薛涛忽然想起杜工部《宾至》一诗：

幽栖地僻经过少，老病人扶再拜难。

岂有文章惊海内？漫劳车马驻江干。

竟日淹留佳客坐，百年粗粝腐儒餐。

不嫌野外无供给，乘兴还来看药栏。

自语道："这首诗像是为我作的，除了没有请客吃饭。过去一直不敢肯定《宾至》的'宾'就是裴冕大人，今天突然明白，笃定是了。"

翌年秋，一日，薛涛忽闻通报，幕府着人禀报说筹边楼工程告竣，已做初步装修，请薛校书去现场瞧瞧，提提意见，并参与题咏。

薛涛携云容出门，见门外安排着接人的车马，遂登车。约莫一个时辰，到达现场。李大人及随从数人早已在那里等候，相与问候，即往参观。

只见锦官城外大道边，一座两层的新楼坐落在突兀拔起的巨石顶上，楼为正方形二层重檐歇山式木结构建筑，高百尺，外柱十二，内柱四根，雄伟壮观。楼外建石栏杆一周，柱顶为须弥座上托莲花瓣石珠。

登上二楼，层高丈余，中间为八角形大厅。左右两面墙壁画军事地图，左面画南道山川险要与南诏接壤之边防地图，右面画西道与吐蕃接壤之边防地图，将对方的部落人口、军事布防、后勤补给之分布均做了详细标识。其余板壁及顶部望板皆彩绘西川历史人物故事。大厅八面开窗，凭窗眺望，远山如黛，清风徐来，令人心旷神怡。

李德裕对众人说道："剑南西川自从南失姚州（今云南姚安）、协州（今云南彝良），西亡维州、松州，由清溪下沫水（大渡河）而西南，尽为南诏据有。韦公安抚南诏，收复巂州，优抚南诏，攻心为上。不意杜元颖妄改前规，贪婪成性，铸成大错。吾等务须拨乱反正，审时度势，加强武备，以雪前耻。"

大家点头称是，李德裕遂请薛涛题咏，未及七步，其诗已成。诗曰：

平临云鸟八窗秋，壮压西川四十州。

诸将莫贪羌族马，最高层处见边头。

众人齐声叫好。李德裕一连三击掌，评点道："前两句已占得地步，后两句作警示语更妙。名楼还须名人捧，岳阳楼孟浩然得两句'气蒸云梦泽，波撼岳阳城'，杜工部得两句'吴楚东南坼，乾坤日夜浮'，如雷贯耳。薛校书这首诗也不遑多让，足以使此楼不朽。要知道，楼台亭阁是可以毁掉的，而传世诗文是永远毁不掉的。"

筹边楼建成即投入使用，薛涛有时会被邀请出席军事会议。

在李德裕的部署下，西川从河中、浙西等地招募弓弩手及专业人才，使军中器械得到更新换代。又从每二百户中选拔一人，强化训练为特种兵，缓则农，急则战，号称"雄边子弟"。同时组建南燕保义、保惠、两河慕义、左右连弩等精兵部队，组建飞星、鸷击、奇锋、流电、霆声、突骑等骑兵部队。总共十一支部队。又筑杖义城，以制大渡河、青溪关之阻；作御侮城，以控荣经掎角之势；作柔远城，以扼西山吐蕃；复邛崃关，以御南诏。

线人将情报夸大，密送南诏，嵯颠为之震慑。

李德裕又遣使者入南诏，南诏方面则派诺舍布为代表，与西川使者举行谈判，重新签订了友好条约。西川代表强烈要求遣返被掳人员，南诏方做出让步，在"自愿"的前提下，一批次遣返成都子女四千余人。

成都人涕泗横流，李德裕大得爱戴。

第廿二回

李节度入戏何深

薛校书言之有预

大和五年（831）的中元节，成都武侯祠对面的空地上搭起戏台来。

　　武侯祠原是纪念诸葛亮的专祠，建于南北朝时期，唐时称丞相祠，见于杜诗《蜀相》：

> 丞相祠堂何处寻，锦官城外柏森森。
> 映阶碧草自春色，隔叶黄鹂空好音。
> 三顾频烦天下计，两朝开济老臣心。
> 出师未捷身先死，长使英雄泪满襟。

　　武侯祠与惠陵、汉昭烈庙（刘备祠）同在一个区域，后世将君臣合祀，仍称武侯祠。中元节于武侯祠搭台唱三国戏，有纪念诸葛亮之意。

　　戏台是用杆子绑起来的，上面搭上席棚，可以遮阳，也可以挡雨。戏台搭好后，两边搭看台，看台顺着戏台左边搭一排，右边搭一排，搭出十来丈远。看台有楼座，既风凉，又可以远望，类似于包厢，是专供西川府官员和五老七贤之类的乡绅坐的，不对民间售票。

唐代的参军戏，初期以滑稽调笑为主，角色只有两个：一个称参军，类似相声的逗哏；一个称苍鹘，类似相声里的捧哏。到中晚唐，参军戏发展为多人演出，剧情渐渐正经且复杂起来，除男角以外，还有女角登场，对后世的杂剧有直接的影响。

中元节的诸葛戏分三场演出，后世称为"失空斩"，内容分别为"失街亭""空城计""斩马谡"。

李德裕是个戏迷，一连看了三天。戏演到最后一出，刀斧手推马谡出于帐前，马谡别无他话，只求丞相好生看待他那白发老娘。戏台上，一递一声，"马谡"，"丞相"，"幼常"，"武乡侯"，"将军哪"，"丞相啊"，"哦哦"，"啊啊"……二人相对啼哭，最后诸葛亮横下心来，喊一声"斩"，刀斧手推下去，又喊回来，推下去，又喊回来，最后下定决心，"斩，斩，斩"，推下去，再也没有回来。诸葛亮哭喊道："我这里执军法苦痛冤哉，可叹尔为争功一命身亡！"

薛涛忽听座上有唏嘘之声，转头看时，李德裕竟泪流满面。李德裕不好意思道："诸葛亮好聪明的人，竟然有这样的失误。"

李德裕看戏投入，薛涛一连陪了三天，致外感风寒。吃了十余帖药，总不见效，只得卧病将息。李德裕登门瞧病，将问计于薛涛。

薛涛令云容、雨态两个退下。德裕压低声音说道："维州守将悉怛谋密使送蜡丸，请求献城归降。已着人探明虚实，确因吐蕃内讧所致。"

薛涛强为起身，思忖良久，道："这是一块馅饼，诱惑确实太大。维州位置，南界江阳，岷山连岭而西，延伸极远；北望陇山，积雪如玉；东望成都，若在井底。一面孤峰，三面临江，是西蜀控吐蕃之要地。肃宗皇帝至德年后，河西陇右之地悉陷于吐蕃，维州独未失守。吐蕃利其险要，嫁藏女于维州守门吏。二十年后，藏女所生二子长大成人，到吐蕃攻城时，二子便成内应，于是维州陷落。吐蕃得城大喜，改称'无忧城'。德宗皇帝贞元年间，韦公城武镇蜀，经略西山八国，万计取之而不获。今吐蕃内斗，悉怛谋愿率部归顺，此天赐良机，岂不令人动心？"

德裕道："孙子曰：'上兵伐谋，其次伐交，其次伐兵。'今日之事，一概不用，坐收渔人之利，当然动心。"

薛涛道："但是，事情没那么简单。穆宗长庆二年（822），大唐与吐蕃会盟于逻娑（今西藏拉萨）东郊，划定疆界，重申令好之义，时称'甥舅会盟'。双方各自树碑，以为纪念。近十年间，唐蕃之间，使者往来络绎于道，朝贡不绝。今若受降番将，岂不生出事端？"

德裕道："不是我去寻他，是他来寻我。就怕过了这个村，就没有这个店。岂不坐失千载良机？"

薛涛又说："而今朝中，乃牛党当政，逢李必反。这个大人也要考虑。"

德裕道："此事关乎国家利益，并非个人邀功，我怕他牛！"

薛涛一阵呛咳，喘作一团。云容、雨态两个赶紧回到床前。德裕见状，不便再说，于是告辞，嘱咐云容两个好生服侍。

德裕回至幕府，又与几个心腹幕僚商议。都认为是无本的买卖，不做白不做。于是遣人送锦袍、金带给悉怛谋，答应其归顺条件，悉怛谋尽率郡人投奔成都。

德裕则派人往维州接管防务，自谓兵不血刃而成大功。同时向天子上表请缨："若再以生羌三千兵，出其不意，烧十三桥，捣吐蕃之腹心，可以安边矣。"

天子不能决断，只将德裕之奏章交尚书省讨论，尚书省拟予批准。

牛党之党魁牛僧孺则挺身而出，振振有词，力陈其非："吐蕃疆土，四面万里，失一维州，无损其势。何况和议已成，大局已定。大唐和戎，守信为上，应敌次之。今一朝失信，岂不授人以柄？听说赞普牧马茹川俯瞰秦、陇，若东袭陇坂，径走回中，不三日抵咸阳桥矣。若仓促发兵应战，必骇动首都，动乱生矣。虽得一百个维州，于事何补！"

天子说："卿言有理。"于是下诏，令西川不准接纳维州降将。已接纳的，不准政治避难。西川只得将悉怛谋一众降将捆绑起来，送还维州。悉怛谋被缚时，要求面见李大人对质，李德裕只得躲了起来。悉怛谋一行在即将上路的时候冤叫呼天，西川将吏相对，无不流涕。

押送至维州，吐蕃军方故意不予接纳，讥笑道："既已受彼，何须送来！"大唐使者只得小心赔不是。悉怛谋一众交付过手，即遭杀戮于汉界之上。番兵指着尸体骂道："这就是叛徒的下场。"

德裕闻报，捶胸顿足，泪流满面道："杀他的头，践踏我的人格！我曾指天为誓，结果自食其言！绝忠款之路，快凶虐之情，自古以来，未有此事！从今而后，我有何脸面见人？悔不听校书之言，悔不听校书之言，一失足成千古恨！前头的三国戏，我真是白看了呀。"

第廿三回

东湖宏开新繁县

西川遍种海棠花

薛涛第一次知道东湖，是在和李德裕的闲谈之中。

原来李德裕从政之余，爱好营建园林，他对薛涛说："这是受白居易的影响。白居易任盩厔（今陕西周至）县尉时，曾写过一首《戏题新栽蔷薇》，诗云：'少府无妻春寂寞，花开将尔当夫人。'成就了他'花痴'之名。"

成都府到彭州，百里之间有一个古县，商周时属繁地，唐武德三年（620）置新繁县，贞观三年（629）建了一座寺庙，叫慈惠庵。慈惠庵东边有一块湿地，环境幽僻，被李德裕相中，开凿一池，号称东湖。李德裕引进了不少珍稀花木，得宽余时，便往其间休憩看书。

听说薛校书病愈，李德裕专门安排日子，约她前往东湖，说要给她一个惊喜。

薛涛穿着青绉绸衣、梅绿罗裙，云容、雨态身着水红袄儿、白绫裙子，李德裕身着便服，四人同乘一辆四马的大车，一路唠嗑。奇闻逸事、名花珍木、文物收藏，无所不谈，浑不觉道路遥阔。

薛涛道："相传张仪筑成都城，屡筑屡坏，有一次看到路上有个乌龟爬行，于是照乌龟的爬行路线筑之，即不颓坏矣。元和初年龟壳尚在，高崇文大人入蜀得见此物，令工匠截开，做成腰带扣，真是不经意毁了一件国宝级文物。"

李德裕八卦起来更不得了："天柱峰茶有消食的功能，我曾托舒州（今安徽潜山）太守给我弄一点，结果他整了好几十斤来，我不敢收。后来他用心寻找，找到了那么几两，我说这还差不多。他说此茶可以消毒，我便让人烹茶水一盏，浇在肉食上，用银器盖严。次日早晨一看，那盆里的肉都化作了水。你说怪也不怪？"

聊到珍木，李德裕说："三鬣松与孔雀松是有区别的。"又说："要想使松树不向上长成直干，只消用石头抵住它直往下伸的根，这样就能使树冠亭亭如盖，不用等到一千年才形成那个样子。"

薛涛插嘴道："早知赞皇公多见多闻，原来坊间传说的两句——'陇右诸侯供语鸟，日南太守送名花'竟是真的。"

李德裕笑笑，不说是，也不说不是。接着又说花名凡是带个"海"字的，都是从大海边传过来的。章川花有一点像海石榴，五朵花簇生在一起，叶狭窄而细长，重叠相承。忽然又问道："西川没有海棠花吧？杜工部诗中从来没有咏到海棠花，有人说是避子美母亲的讳，全是胡说。"

薛涛说："蜀中真个没有海棠。我就是个爱种花的，怎会不知？种花好啊，有花养着，搬来搬去，修修剪剪，没事儿就想折腾，做个花架，做个花盆，配点花土，沤点花肥，时间很容易就被打发了。我胆子小，种花以前，碰到虫子绕道走，现在可以上手抓。有时候正翻着土呢，几个大白肉虫咕嘟冒出来，呵呵一笑直接甩到一边去了。"

李德裕道："待会儿我带你去看一个园子。"

薛涛接着说："我第一喜欢种离不得水的菖蒲花，喜欢它的花色丰富。其次是琵琶花，这是一种与杜鹃花相似的花，产于骆谷（在今陕西周至西南）。这花喜欢温暖、潮湿、通风的环境，喜欢日晒却又不能强光照射；温度要适宜，不能过高也不能过低；生长环境干燥是绝对不行的，不能叶面喷水，也不能浇水过多。这种花真是可以治懒病的，不但要身体力行，还要动脑上心，要不然它就给你死翘翘。海棠花没有种过，但我很愿学习，届时相公派个园丁来指导指导。"

二人谈兴正高，只听赶车人说："东湖到了。"

看园子的听见府主贵客到了，慌忙请到园里客厅。只见门窗屋梁一色清漆，尽显原木本色，绝无过度装饰，感觉十分清爽。茶点用过，薛涛等便随李公去看园子。

进去一座篱门，地下是鹅卵石砌成的路，两边绿柳掩映。走出柳荫，前头一片粉红映满天空，怒放的花朵压枝低垂，红的像火，粉的像霞。

薛涛几曾见过这样的情景，不觉看得呆了。

李德裕道："这就是海棠，一称海棠梨，从洛阳平泉山庄引进的品种。共四品，皆木本，分别为西府海棠、垂丝海棠、木瓜海棠和贴梗海棠。其中三种无香味，只有西府海棠有香味，是海棠中的上品。这些都是春海棠，另有秋海棠，人称'断肠花'，不给你介绍了，免得尽写断肠诗词。"

薛涛问："这几种海棠在种植上有何讲究呢？"

李德裕道："凡属海棠，都喜欢润湿的环境，三五天浇一次水就行了。我看碧鸡坊那个园子，临近东溪，很适合种海棠。哪天我叫几个花工，上门给你栽上一点。"

薛涛心中欢喜，连忙谢道："感承大人美意，只是过意不去。"

德裕道："分享嘛。'愿车马衣轻裘，与朋友共，敝之而无憾'，原是孔门的作风嘛。"

德裕说到做到，次年开春，便派来花工，在碧鸡坊枇杷巷薛宅后花园的一片空地上，种上了几个品种的海棠，多达上百株。

一夜，月朗风清，薛涛漫步月下，忽见有女子迎面而来，初以为是云容，走到面前，端详不是，只有些面善。女子深深道个万福，说："小妹姓杨，喊我小杨呗。你不认得我，我认得你的。"薛涛点头只作明白。小杨道："姐姐园中海棠开得好好，姐妹几个月夜闲行，见园门未掩，乘兴进来，勿罪唐突。"薛涛道："欢迎，欢迎。"又过来几个女子，自我介绍，为小李、小陶、小石，语未了，小杨嘘道："封姨到了。"薛涛看时，最后一个，生得成熟，身材高挑，体态轻盈。诸小妹向前致礼，意甚谦恭。封姨问："可有坐处？"言词泠泠，有林下之风。薛涛说声有，便欲给封姨领路。不料步急苔滑，一跤跌倒，惊叫醒来，却是一梦。

三月阳光明媚，报春海棠、龙形海棠、木瓜海棠、贴梗海棠一齐开放，一树树花团锦簇，重重花瓣在阳光里滟滟流光，蜂飞蝶舞，春色满园，旖旎动人。花枝肆意伸展，伸展到灰色砖墙和红色连廊。薛涛在长廊里布置了一个书展，挂了六十二幅历年代表性作品，纪念六十二岁生日。邀请李德裕及麾下十余名士，齐来欣赏春海棠的美丽和浪漫。

百宝栏中，条桌上陈设插枝之瓶、沉香之炉，及一色精雅茶具。云容依次敬茶，雨态抱琴待立。宾主坐定，李德裕致辞道："孔子说：'诗可以群。'雅集形式，就是这句话最好的诠释。不管你身在何处，不管你贱贵穷通，都可以凭熟悉的曲调，找到志同道合的朋友。你我这把年纪，必须面对一个事实，就是来日并不方长。我的同学，十年一会：三十岁聚会，已婚的一桌，未婚的一桌。四十岁聚会，及第的一桌，未及第的一桌。五十岁聚会，或将甩手来的一桌，拄拐棍来的一桌。莫得几次，人已垂垂老矣。李太白说得好：'浮生若梦，为欢几何。'想来人生在世，除了做成一两件事，无非及时行乐。薛校书今天安排的赏花聚会，将是我们终生难忘的记忆。"

薛涛致答词道："以文会友，谓之雅集。有流动的雅集如东山雅集①，有不流动的雅集如金谷雅集②、兰亭

---

① 东山雅集：东晋谢安隐居会稽东山时，经常邀友人一起游山水、吟诗文。
② 金谷雅集：西晋石崇建金谷园，常有集会。

雅集①；有经常性的雅集如梁园雅集②，有临时性的雅集如滕王阁雅集③、桃李园雅集④。'阳春召我以烟景，大块假我以文章。会桃李之芳园，序天伦之乐事。'每一次都是真真实实的获得，每一次都是真真实实的快乐。不经意间，还产生了惊天地、泣鬼神的作品，如《兰亭集序》《滕王阁序》《春夜宴从弟桃李园序》。涛也不才，如今最愿做的事，就是请客吃饭。西川向无海棠，蒙李大人引进珍稀，大放光明。洪度不敢独专，故聊备薄馔，不成敬意。至于吟诗作赋，是所望于群公。"

众人齐声鼓掌，都说："薛校书先来两首。"

于是薛涛唤过雨态，接过瑶琴，对众人道："此西蜀之雷氏琴。隋文帝之子杨秀为蜀王，曾造琴千面，散在民间。上行下效，至本朝，琴匠以蜀中雷氏最负盛名。雷氏斫琴，不墨守成规，琴材时取松杉木，不过我这张

---

① 兰亭雅集：东晋王羲之出席会稽兰亭的一次文友集会，作《兰亭集序》。
② 梁园雅集：西汉梁孝王建梁园，亦名兔园，常与枚乘、司马相如等雅集于此。
③ 滕王阁雅集：初唐王勃路过南昌，出席都督阎公于滕王阁召集的聚会，作《滕王阁序》。
④ 桃李园雅集：盛唐李白出席的一次家族聚会，作《春夜宴从弟桃李园序》。

琴还是桐木的。著名的琴曲有《高山流水》《胡笳十八拍》《广陵散》《风入松》等，刘长卿诗云："泠泠七弦上，静听松风寒。古调虽自爱，今人多不弹。'今天不弹古调，且应个景，弹一支自己新谱的琴曲《棠梨花》[①]吧。"

于是且弹且唱道：

> 吴均蕙圃移嘉木，正及东溪春雨时。
>
> 日晚莺啼何所为，浅深红腻压繁枝。

琴声像低声细语的倾诉，又像浣花溪的流水潺潺流淌，声声入耳，沁人心脾。曲终，满座齐声喝彩，要求再来一曲。薛涛起身施礼，更坐促弦，再弹一曲，题曰《海棠溪》：

> 春教风景驻仙霞，水面鱼身总带花。
>
> 人世不思灵卉异，竟将红缬染轻纱。

---

① 此诗在《薛涛诗集》中题为《棠梨花和李太尉》。"李太尉"为李德裕后来的官称，可知题目为后人所加。"棠梨"又作"海棠梨"，即海棠。末句是海棠开花的写照。

李大人点评道："此词将海棠花与浣花溪对接，天衣无缝，意象甚美。"于是齐声称贺。当日薛涛备下丰盛宴席款待来宾，席间觥筹交错，众人尽欢而散。

次日，天气升温，风云突变，霎时乌云盖地，风雷大作，紧接着下了一场冰雹，一直下到黄昏。园内的海棠花被打得七零八落，满地狼藉。春去夏来，花开花落，本是自然的道理，然今年气象何以凶险至此？

薛涛心中骇异，卧榻伏枕，昏昏沉沉睡去。梦中到得一处，似是海上蓬莱山，路过一处，摩崖石刻曰"薄命岩"，岩上一洞曰"红颜洞"，洞中遇一仙姑，自称百花仙子。

薛涛心想，正好问她一问。于是上前施礼道："老身乃凡间女子，姓薛名涛字洪度，家住成都碧鸡坊。"仙姑道："可是万里桥边女校书？"薛涛道："正是。"仙姑问："校书远道而来，所为何事？"薛涛道："老身是个爱花的人，新种满园海棠。虽说鹃啼春归，花开花落，是自然的道理，然生命虽有竟时，贵在得其所哉。为何天老爷做张做致，又刮风又下冰雹，把我那海棠打个落花流水，陷于渠沟之中，收拾不起来？我心中憋屈，要与仙姑讨个明白。"

仙子长叹口气道："说来也该我管，这样的事，实是神仙打架，凡人遭殃。"

薛涛道："此话怎讲？"

仙子道："小仙忝在神仙之列，说起来羞愧得很。都是封姨惹的祸，封姨是风伯的老婆，小字东风。往好里说她是天真率性，往孬里说呢不好讲。封姨背着风伯，与雷公、雨师两个玩暧昧，从王母娘娘处讨得一个蟠桃，丢给他两个自己去分。两个都想独得，争来争去，不小心失手，打翻了云中君一盆冰晶玉屑。云中君正要找他两个算账哩，不料凡间遭殃，海棠乱落如红雨……"

梦醒之后，薛涛泪流满面，心情久久不能平静。心想："人说秋海棠是断肠花，暮春的海棠还不是一样的？花有重开日，人无再少年。岂不闻'年年岁岁花相似，岁岁年年人不同'？女子自十三至三十，能有几年容色？譬之于花，如蓓蕾而至烂漫，转瞬即逝尔。过此便摧残剥落，不可谛视。但如果没有悲伤，快乐将失去意义。如果没有死，生命也毫无珍贵可言。悟到这一点，更知过好当下才算过好一生，无半日虚度，才不枉做一世人呢。"

大慈寺逸明上人是个诗僧，作诗道：

三月江南春未归，百花哆嗦雪花飞。

雷曹雨部多庸吏，各借东风瞎指挥。

第廿四回

薛涛自随孔雀去

文昌亲撰薛涛碑

大和年间，天子召李德裕入朝执政，拜为兵部尚书，牛僧孺出为淮南节度使，实现了"牛李党争"的又一次轮替。

同年，段文昌由荆南节度使调任剑南西川节度使，再度镇蜀。这时的薛涛，仍居碧鸡坊，更创吟诗楼。虽年事渐高，而风韵犹存，每日里淡淡着妆，仪态依然优雅，与人交谈，眼里时常闪烁着智慧的光芒。

段文昌虽然鬓发有些花白，但对薛涛依旧热情不减，关照有加，常到碧鸡坊来问候，恭维她是一代人心中的偶像。对文昌共载出游的邀请，薛涛常常礼貌地谢绝。有《段相国游武担寺，病不能从，题寄》，诗云：

消瘦翻堪见令公，落花无那恨东风。

侬心犹道青春在，羞看飞蓬石镜中。

诗中薛涛自我调侃道："虽然我还想保持年轻的心态，但镜子会给我泼冷水。"但她懂得情人眼里出西施的道理，和早年一样，始终与段文昌保持身体的距离。每当她觉得段府主可以离开时，便道："时间不早了。"

这种时候，段文昌总是不失礼貌，说声叨扰，便起身告退。段走后，薛涛对妙常说："他总是这样。"妙常说："正常得很，爱女人的男人不坏。"薛涛无语。过了一会儿，妙常说："难道你看不出来，段相公真爱的人是你？"

薛涛道："我可不想让他看见我的老态。"

妙常语塞，岔开话头道："水都响了。"转身就到里间关火去了。

薛涛养成了深居简出的生活习惯，却还保留着搜集卷子的爱好，书肆收购到元白诗新的抄卷，必差人送上门来。于是她读到了元稹《哭子十首》。她对妙常说："多么悲哀呀！有一种悲哀是他人分担不了的，有一些亏欠是终生难以弥补的，有一些诗是必须白描的。你看，这十首诗多有温度呀。"后来又读到《遣悲怀三首》及《六年春遣怀八首》，还有"悼亡诗满旧屏风"这种句子，读得心里发紧，人生真是苦短呀，说不出是个什么滋味。这么多诗中，她最喜欢《六年春遣怀八首》中这一首：

> 检得旧书三四纸，高低阔狭粗成行。
>
> 自言并食寻常事，唯念山深驿路长。

心想，他和妻子还是有真感情的。诗中并没有情感的直接倾诉，只是拈出生活中最动人的细节予以最朴素的呈现——复述妻子信中平淡而贴心的几句话，就能做到感人至深。

薛涛对妙常说，良家妇女虽然不能抛头露面，不能从事社交活动，但也有一个好处，就是世间男子择偶，是要选择她们的。就算长守空房，却能够得到名分，也能得到感情，也算是一种补偿吧。

一天，薛涛正照镜子——元稹在梓州送她那面菱花镜子，妙常突然撞进来，问："在干吗呢？"薛涛道："和镜中人说话。"又说："必须学会与镜中人相处。象忧亦忧，象喜亦喜。他在，我就不孤单。他快活，我就快活。"妙常把脸凑近了，于是镜中出现两张脸，薛涛笑道："你也是镜中人一个。"

薛涛指着墙上的元稹自书《寄赠薛涛》诗条幅，

说："你看这个诗和这个卷子，哪个更感人一些呢？我看还是这组诗更感人一些。不过，若能任人选择，孰为熊掌，孰为鱼，还真不好说。可能是鱼儿愿为一只鸟，鸟儿愿为一条鱼吧。"那天之后，妙常就再也没见到那个条幅，猜它一定是被薛涛收起来，束之高阁了。

一日，段文昌来，告以散花书肆申报西川府支助出书项目《锦江集》（五卷本）经专家评审已获通过，府主亲自过问编辑事宜，文昌当面征求作者意见，问此集宜以何诗弁首。薛涛不假思索道："井梧联句。"揆其意，欲以先考老员外"庭除一古桐，耸干入云中"句为其集引首。文昌道："夙昔陈拾遗赞左史东方虬《咏孤桐篇》曰：'骨气端翔，音情顿挫，光英朗练，有金石声。'尊翁咏桐之句，只十字，竟也当得起同等品题。随大集之刊行，必流芳百世矣。"

不久，西川府的白孔雀病了，先是发出暗哑的叫声，十二时辰无时或已，眼中的神光渐渐褪了，不肯进食，全身抽搐。一天早上，饲养员发现孔雀死了。

韦令公旧池的孔雀死了，成为一大新闻，通过各路驿站很快传开，惊动了好多诗人，他们不知道死的是哪一只孔雀，却都写下了感伤诗。白居易写道：

索莫少颜色，池边无主禽。

难收带泥翅，易结著人心。

顶毳落残碧，尾花销暗金。

放归飞不得，云海故巢深。

王建写道：

孤号秋阁阴，韦令在时禽。

觅伴海山黑，思乡橘柚深。

举头闻旧曲，顾尾惜残金。

憔悴不飞去，重君池上心。

元稹没有写诗，因为他也病了。

大和五年（831）下半年，邸报传来元稹下世的消息。从新收到的抄卷上，薛涛读到白居易《元相公挽歌词三首》，给她印象最深的一首是：

墓门已闭笳箫去，唯有夫人哭不休。

苍苍露草咸阳垄，此是千秋第一秋。

"此是千秋第一秋"，诗的末句像个斗大的橄榄，让薛涛咀嚼了好久好久。薛涛虽然心里并不淡定，但还是表现出云淡风轻的样子，连写一首诗的想法也没有。只把教坊新近流行的一首庐江宛先生调寄《菩萨蛮》的回文曲子，在心头反复咀嚼，词曰：

> 见难恒别伤鸿燕，燕鸿伤别恒难见。
>
> 风雨泣山空，空山泣雨风。
>
> 梦余悲老凤，凤老悲余梦。
>
> 肠断话西窗，窗西话断肠。

吟罢只觉回肠荡气，有一种安逸的感伤萦绕于怀。尔后，元稹的名字便从薛涛笺馈赠名单中移除了。

大和六年（832）仲春，薛涛斜倚楼头，看着满天飞舞的柳絮，觉得空中有无数张嘴巴在吹蒲公英，漫空飘飘洒洒，又像片片鸽子的羽毛，飞进楼头。突然想起多年以前，和爹爹在庭院里对诗，鬼使神差地咏出"枝迎南北鸟，叶送往来风"的情景，不禁感伤起来，吟咏道：

二月杨花轻复微，春风摇荡惹人衣。

他家本是无情物，一向南飞又北飞。

之后薛涛病了，而且病得不轻。请过几个医生，诊断不出什么毛病。她病的时候，妙常一直守候在身边，给她喂水。若是喂饭，薛涛就摇头。

薛涛神志清醒时，对妙常说："只有你对我这么好了。"又说："估计我过不到好久了，我走后，有一件事麻烦你，请把我造笺所获，共计三千五百六十八万贯，悉数捐与石室府学，作为教育基金奖励优秀学子。实在麻烦你太多了。"

妙常别住泪，道："你咋能这样讲呢？你放心养病好了。"

薛涛道："我的状态非常差。"

"你觉得最差的是啥子？"

"我说不出口。"

"不要紧，把你想到的都说出来，不要有任何的碍口。"

"倒是说不到好清楚的。"

"是身上疼吗？"

"不是。"

"是厌食吗？"

"不是。"

"那是啥子呢？"

"状态。"

薛涛神志恍惚时，有一段精神危机，问妙常道："你能不能帮我过这个坎？"

妙常问："什么坎呢？"

薛涛说："我一直是兢兢业业的，没有做错什么，现在所有人都不待见我，我一个人孤零零地生活，很可怜。"

妙常纠正她道："你不是一个人，所有人都喜欢你。我一直陪着你呢。"

薛涛道："那倒也是。"却突然又说："我想回家，你几时送我回家？"

妙常说："这就是碧鸡坊呀。你说的是哪个家呢，是长安的广文书塾吗？"

薛涛摇摇头。她忽然面容安稳，眼睛直视，双瞳深不见底，柔声叫唤道："阿爹，等等我——阿爹，等一等——"

妙常问："你说什么？"

薛涛道："我得走了，阿爹接我来了。"

妙常附在她耳边，问："假如有来世——"

薛涛声音十分细微，说道："假如有来世，还和你在一起。"

第二天早上卯时，薛涛心脏停止跳动。享年六十三岁。

薛涛死后，妙常在青羊宫为她斋戒设坛，诵经超度。段文昌依武周以来的风俗，于大慈寺请僧众做水陆道场，一连三天。第一天开坛，安灵，取水，安水，荡秽，扬幡，挂榜，三清表，三元表，净厨。第二天祀灶，三元经，三元宝忏，摄招，度桥，沐浴，朝真，祭孤，朝灵。第三天朝幡，十王转案，破五方，城隍牒，救苦疏，焰口，放河灯，诵经，礼忏，超度升天。

段文昌恸哭了一场，亲笔为薛涛撰写了一篇墓志铭，文如凤构。并题写"西川校书薛洪度之墓"，为之树碑。

李德裕和刘禹锡都把薛涛之死与孔雀之死叠加在一起，写了挽诗。刘禹锡的诗是《和西川李尚书伤孔雀及薛涛之什》：

玉儿已逐金环葬，翠羽先随秋草萎。

唯见芙蓉含晓露，数行红泪滴清池。

"玉儿"本是梁代女子，在与爱人分手的时候，曾脱金指环为别（以示必还），诗中借指薛涛香消玉殒，回不来了。二句"翠羽"指孔雀。三、四句"芙蓉"乃今成都的市花，意思是连芙蓉花也为薛涛和孔雀泣下相思的血泪。

过了一千年，有个词客在望江楼公园薛涛井畔，写下了一首《浣溪沙》：

又是风清月白时，书传云外梦先知。

绿窗惊觉细寻思。

亭合双江成锦水，桥分九眼到斜晖。

芳尘一去香难追。

2024年4月12日修订

寻·诗意薛涛
达·诗词之意
享·阅书所感
触·作者心声

附　录

水國蒹葭夜有霜　月寒山色
共蒼蒼　誰言千里自今夕　離
夢杳如開塞長

水國蒹葭夜有霜
薛濤詩句
庚申五月馮建吳

薛濤詩送友人書於太華
周退之壬於戌新

薛涛诗集

薛涛（？—832），唐代女诗人。字洪度，一作宏度。长安（今陕西西安）人。父薛郧，仕宦入蜀，死后，妻女流寓蜀中。薛涛姿容美艳，性敏慧，八岁能诗，洞晓音律，多才艺，声名倾动一时。德宗贞元（785—805）年间，韦皋任剑南西川节度使，召令薛涛赋诗侑酒，遂入乐籍。后袁滋、刘辟、高崇文、武元衡、李夷简、王播、段文昌、杜元颖、郭钊、李德裕相继镇蜀，她都以歌伎兼清客的身份出入幕府。薛涛和当时著名的诗人元稹、白居易、张籍、王建、刘禹锡、杜牧、张祜等都有唱酬交往。薛涛居浣花溪边，自造桃红色的小彩笺，用以写诗，后人仿制，称为"薛涛笺"。晚年好作女道士装束，建吟诗楼于碧鸡坊，过着清幽的生活。王建《寄蜀中薛涛校书》诗称道："万里桥边女校书，枇杷花里闭门居。扫眉才子知多少，管领春风总不如。"在唐代女诗人中，薛涛和李冶、鱼玄机最为著名。薛涛的诗，不仅有《送友人》《题竹郎庙》等以清词丽句见长的名篇，还有一些具有思想深度的关怀现实的作品。这在封建时代，特别是像她这一类型的妇女中，是不可多得的。她曾到过接近吐蕃的松州，有《罚赴边有怀上韦令公》诗，其第一首说："闻道边城苦，今来到始知。羞将门下曲，唱与陇头儿。"对守边疆的士兵寄以深切同情，杨慎说"有讽谕而不露，得诗人之妙"（《升庵诗话》）。《四库全书总目》也认为她的《筹边楼》"托意深远"，"非寻常裙屐所及"。有《锦江集》五卷，今佚。《全唐诗》录存其诗一卷。近人张蓬舟有《薛涛诗笺》。事迹见《唐诗纪事》《唐才子传》。

（马茂元撰，录自《中国大百科全书·中国文学》）

酬人雨后玩竹

南天春雨时，那鉴雪霜姿。

众类亦云茂，虚心能自持。

多留晋贤醉[①]，早伴舜妃悲[②]。

晚岁君能赏[③]，苍苍劲节奇。

【注释】

①晋贤：魏晋名士嵇康、阮籍、山涛、向秀、阮咸、王戎、刘伶相友善，世称"竹林七贤"。见《晋书·嵇康传》。

②舜妃：舜帝二妃娥皇、女英。舜帝南巡不归，二妃沿湘水追之，洒泪而成斑竹。

③晚岁：《全唐诗》注"一作岁晚"。

春望词四首①

花开不同赏，花落不同悲。

欲问相思处，花开花落时。

【注释】

① 春望：《全唐诗》注"一作望春"。

其二

揽草结同心①，将以遗知音。

春愁正断绝，春鸟复哀吟。

【注释】

① 揽：《全唐诗》注"一作槛"。同心：同心结，男女相爱的象征。

其三

风花日将老，佳期犹渺渺①。

不结同心人，空结同心草。

【注释】

① 佳期：团圆之时。

其四

那堪花满枝，翻作两相思。

玉箸垂朝镜①，春风知不知。

【注释】

① 玉箸：泪痕。

宣上人见示与诸公唱和^①

许厕高斋唱^②，涓泉定不如。

可怜谯记室^③，流水满禅居。

【注释】

① 宣上人：广宣和尚，蜀人。与韩愈、刘禹锡、白居易、段文昌皆有诗往来。

② 厕：厕身，参与。

③ 记室：官名，类秘书。

风

猎蕙微风远^①，飘弦唳一声^②。

林梢鸣淅沥^③，松径夜凄清。

【注释】

① 猎蕙：宋玉《风赋》："猎蕙草，离秦衡。"李善注："猎，历也。"

② 唳：鹤鸣。

③ 淅沥：形容风声的象声词。

月

魄依钩样小[1]，扇逐汉机团[2]。

　　细影将圆质，人间几处看。

【注释】

①魄：月亮。

②"扇逐"句：班婕妤《怨歌行》："裁为合欢扇，团团似明月。"机：织机。

蝉[1]

露涤清音远，风吹数叶齐[2]。

　　声声似相接，各在一枝栖。

【注释】

①蝉：《全唐诗》注"一作闻蝉"。

②数：《全唐诗》注"一作故"。

池上双凫①

双栖绿池上，朝暮共飞还②。

更忆将雏日③，同心莲叶间。

【注释】

① 凫：原作"鸟"，据《全唐诗》改。

② 暮共：《全唐诗》注"一作去暮"。

③ 将雏：带着幼凫。

鸳鸯草①

绿英满香砌，两两鸳鸯小。

但娱春日长，不管秋风早②。

【注释】

① 鸳鸯草：草名，即忍冬，又称金银花。其花初绽时在叶中两两相向，如飞鸟对翔，见《益部方物略记》。

② 秋：《全唐诗》注"一作春"。

罚赴边有怀上韦令公二首①

闻道边城苦②，今来到始知。

羞将门下曲，唱与陇头儿。

【注释】

① 韦令公：韦皋，时兼中书令。诗题：《全唐诗》
注"一作陈情上韦令公，又作上元相公"。

② 道：《全唐诗》注"一作说"。

其二

黠寇犹违命①，烽烟直北愁②。

却教严谴妾，不敢向松州③。

【注释】

① 黠寇：狡猾的敌人。寇：《全唐诗》注"一作贼"。

② 直北：正北。吐蕃当时占据陇南，正当四川北部。

③ 松州：属剑南道，治今四川松潘一带。

咏八十一颗①

色比丹霞朝日，形如合浦圆珰②。

开时九九如数③，见处双双颉颃。

【注释】

①今人陶道恕认为此诗所咏为民间"九九消寒图"。元代杨允孚的《滦京杂咏》诗自注："冬至后，贴梅花一枝于窗间，佳人晓妆，时以胭脂日图一圈，八十一圈既足，变作杏花，即煖回矣。"可备一说。

②合浦：郡名，其地临海，盛产珍珠。见《后汉书·孟尝传》。圆珰：原作"筼筜"，据《全唐诗》注改。

③如：《全唐诗》注"一作知"。

谒巫山庙①

乱猿啼处访高唐，路入烟霞草木香。

山色未能忘宋玉，水声犹是哭襄王②。

朝朝夜夜阳台下③，为雨为云楚国亡。

惆怅庙前多少柳④，春来空斗画眉长。

【注释】

①本篇一作韦庄诗。巫山庙：巫山神女庙，又称朝云庙。按，楚襄王与宋玉游于云梦之台，望高唐之观，其上有云气，变化无穷。王问曰："此何气也？"宋玉曰："所谓朝云者也。"王曰："何谓朝云？"宋玉曰："昔者先王尝游高唐，怠而昼寝，梦见一妇人曰：'妾，巫山之女也，为高唐之客。闻君游高唐，愿荐枕席。'王因幸之。去而辞曰：'妾在巫山之阳，高丘之阻，旦为朝云，暮为行雨。朝朝暮暮，阳台之下。'旦朝视之，如言。故为立庙。号曰朝云。"其夜襄王寝，果梦与神女遇。见宋玉《高唐赋》《神女赋》。诗前六句多用其语。

②是：《韦庄集》作"似"。

③夜夜：《韦庄集》作"暮暮"。

④多少：《韦庄集》作"无限"。

牡丹①

去春零落暮春时，泪湿红笺怨别离。

常恐便同巫峡散②，因何重有武陵期③。

传情每向馨香得，不语还应彼此知。

只欲栏边安枕席④，夜深闲共说相思。

【注释】

① 此诗一作薛能《牡丹四首》之三。

② 同：薛能诗作"随"。巫峡：这里以巫峡神女喻指牡丹。

③ 重有武陵期：喻再度看到牡丹盛开。武陵：晋陶潜《桃花源记》载，晋太元中，武陵渔人缘溪行，忘路之远近，忽逢桃花林，遂入世外桃源。

④ 只欲：薛能诗作"欲就"，《全唐诗》注"一作见欲"。

贼平后上高相公①

惊看天地白荒荒，瞥见青山旧夕阳。

始信大威能照映②，由来日月借生光。

【注释】

① 高相公：高崇文。永贞元年（805）冬，西川节度副使刘辟表求领三川。元和元年（806）春，朝廷派高崇文统兵讨辟，八战皆捷，擒刘辟，平西蜀。遂授高崇文剑南西川节度使。元和二年（807）冬，高崇文移镇邠宁，加同中书门下平章事。见《旧唐书·高崇文传》。诗称"相公"，当作于元和二年高崇文移镇邠宁之后。

② 大：《全唐诗》注"一作火"。

送友人①

水国蒹葭夜有霜②，月寒山色共苍苍。

谁言千里自今夕，离梦杳如关塞长③。

【注释】

① 友人：指元稹。

② 蒹葭：芦苇。

③ 塞：《全唐诗》注"一作路"。

听僧吹芦管①

晓蝉呜咽暮莺愁，言语殷勤十指头。

罢阅梵书劳一弄②，散随金磬泥清秋③。

【注释】

① 芦管：管乐器名。

② 梵书：指佛经。

③ 泥：滞留。

酬郭简州寄柑子①

霜规不让黄金色，圆质仍含御史香。

何处同声情最异，临川太守谢家郎②。

【注释】

①郭简州：贞元中简州刺史，姓郭，余不详。简州：州治在今四川简阳。

②临川太守：指南朝宋临川内史谢灵运。谢家郎：谢灵运族弟谢惠连，曾撰《柑赋》。

上川主武元衡相国二首①

落日重城夕雾收，玳筵雕俎荐诸侯②。

因令朗月当庭燎③，不使珠帘下玉钩。

【注释】

①川主：西川节度使，为西川之主。武元衡：（758—815），字伯苍。缑氏（今河南偃师东南）人。武则天曾侄孙。建中四年（783），登进士第，累辟使府，

至监察御史，改华原县令。德宗时召授比部员外郎。岁内三迁至右司郎中，寻擢御史中丞。顺宗立，罢为右庶子。宪宗即位，复前官，进户部侍郎。元和二年（807），拜门下侍郎、同平章事，寻出为剑南节度使。元和十年（815）征还秉政，被平卢淄青节度使李师道遣刺客刺死。赠司徒，谥"忠愍"。有《临淮集》十卷，今编诗二卷。《全唐诗》题注"一本无元衡二字"。

②玳筵：即玳瑁筵，指豪华丰盛的筵席。

③庭燎：庭中照明用的火炬。《诗·小雅·庭燎》："夜如何，其夜未央，庭燎之光。"

其二

东阁移尊绮席陈①，貂簪龙节更宜春②。

军城画角三声歇，云幕初垂红烛新。

【注释】

①东阁：汉丞相公孙弘，开东阁以延贤人。

②龙节：指节度使符节。《周礼·地官·掌节》："凡邦国之使节，山国用虎节，土国用人节，泽国用龙节，皆金也。"

忆荔枝

传闻象郡隔南荒①，绛实丰肌不可忘。

近有青衣连楚水②，素浆还得类琼浆。

【注释】

① 象郡：秦置，在今广西西部、广东西南部和贵州南部一带。

② 青衣：江名。《方舆胜览》卷五二《嘉定府》："青衣水，出卢山徼外，东南流径严道、洪雅、夹江，至龙游与岷江合。"又云："土产荔支。吴中复诗：'莫爱荔子红，岁作嘉州孽。'"

斛石山晓望寄吕侍御①

曦轮初转照仙扃②，旋擘烟岚上窅冥③。

不得玄晖同指点④，天涯苍翠漫青青。

【注释】

① 斛石山：今成都北凤凰山。侍御：殿中侍御史或监察御史的称谓。

② 曦轮：太阳。相传羲和驾日行，故云。

③ 宵冥：深远貌，指天空。

④ 玄晖：南朝齐诗人谢朓字。此喻指吕侍御。

寄词

菌阁芝楼杳霭中①，霞开深见玉皇宫。

紫阳天上神仙客②，称在人间立世功③。

【注释】

① 菌阁芝楼：王褒《九怀·匡机》："菌阁兮蕙楼，观道兮从横。"

② 紫阳：道教有紫阳真人周义山，这里泛指神仙。

③ 世功：尘世的功德。

斛石山书事

王家山水画图中①，意思都卢粉墨容②。

今日忽登虚境望，步摇冠翠一千峰③。

【注释】

① 王家山水：一说是王维的山水画。一说是王宰的山水画。

② 都卢：犹云不过。

③ 步摇：古代妇女首饰，形容山峰的形状。

送姚员外①

万条江柳早秋枝，袅地翻风色未衰。

欲折尔来将赠别，莫教烟月两乡悲。

【注释】

① 姚员外：姚向，长庆年间佐段文昌出镇西川，后入朝为员外郎。

酬祝十三秀才

浩思蓝山玉彩寒①，冰囊敲碎楚金盘②。

诗家利器驰声久③，何用春闱榜下看④。

【注释】

① 蓝山：山名，在陕西蓝田县东南，产美玉。蓝：《全唐诗》注"一作南"。

② 楚金：即南金，南方出产优质铜，喻优秀人才。

③ 利器：喻祝十三秀才杰出。

④ 春闱：唐时科举考试在春季举行，称为春闱。

别李郎中①

花落梧桐凤别凰，想登秦岭更凄凉。

安仁纵有诗将赋②，一半音词杂悼亡③。

【注释】

① 李郎中：李程。郎中：《全唐诗》注"一作中郎"。

② 安仁：西晋诗人潘岳字。

③ 悼亡：潘岳名篇有《悼亡》诗三首。

送扶炼师①

锦浦归舟巫峡云②，绿波迢递雨纷纷。

山阴妙术人传久③，也说将鹅与右军④。

【注释】

① 炼师：道士中德高思精者。

② 锦浦：里名，在成都浣花溪。

③ 山阴：县名，今浙江绍兴。

④ 右军：王羲之曾任右军将军，人称王右军。《晋书·王羲之传》载，王羲之酷爱白鹅，曾写《黄庭经》以换取山阴道士的鹅。

摩诃池赠萧中丞①

昔以多能佐碧油②，今朝同泛旧仙舟③。

凄凉逝水颓波远，惟有碑泉咽不流④。

【注释】

① 摩诃池：一说为隋萧摩诃所建，故名。萧中丞：萧祐，曾任彭州刺史、御史中丞等职。

②碧油：青油帐幕，指节度使幕府。萧祐曾入武元衡西川幕。

③仙舟：东汉郭泰游洛阳，见河南尹李膺，膺大奇之。后归乡里，送者车数千辆，至河上，泰唯与李膺同舟而济，众宾望之，以为神仙。事见《后汉书·郭太传》。

④有：《全唐诗》注"一作到"。

乡思①

峨眉山下水如油，怜我心同不系舟②。

何日片帆离锦浦，棹声齐唱发中流。

【注释】

①《全唐诗》题注："用前韵。此首补入。"

②不系舟：《庄子·列御寇》："巧者劳而知者忧，无能者无所求，饱食而遨游，泛若不系之舟。"

和李书记席上见赠

翩翩射策东堂秀①，岂复相逢豁寸心。

借问风光为谁丽？万条丝柳翠烟深。

【注释】

① 射策：汉代考试方法，主试者将问题书之于策，应试者随机取策作答，按优劣评分。

棠梨花和李太尉①

吴均蕙圃移嘉木②，正及东溪春雨时。

日晚莺啼何所为，浅深红腻压繁枝。

【注释】

① 李太尉：指李德裕。德裕为太尉在会昌（841—846）中，当为编者追称。

② 吴均：南朝梁吴兴故鄣（今浙江安吉）人，工诗文。蕙圃：《拾遗记》载，昆仑山有芝田蕙圃。

酬文使君①

延英晓拜汉恩新②，五马腾骧九陌尘③。

今日谢庭飞白雪④，巴歌不复旧阳春⑤。

【注释】

①使君：汉时称刺史。汉以后用以对州郡长官的尊称。

②延英：殿名。在唐大明宫延英门内。

③五马：指太守的车驾。语出乐府《陌上桑》："使君从南来，五马立踟蹰。"

④谢庭飞白雪：《世说新语·言语》记谢安与子侄赏雪，侄女谢道韫以"柳絮因风起"句被称赏，此薛涛自喻应酬作诗。

⑤巴歌：即下里巴人，自谦之词。阳春：阳春白雪，指道韫之句。

酬吴随君①

支公别墅接花扃②，买得前山总未经。

入户剡溪云水满③，高斋咫尺蹑青冥④。

【注释】

① 随：《全唐诗》注"一作使"。

② 支公：东晋高僧支遁。

③ 剡溪：在今浙江嵊州市，为曹娥江之上游。

④ 蹑：《全唐诗》注"一作接"。青冥：春天。

酬李校书

才游象外身虽远①，学茂区中事易闻②。

自顾漳滨多病后③，空瞻逸翮舞青云④。

【注释】

① 象外：尘世之外。

② 区中：人世间。

③漳滨：刘桢《赠五官中郎将》："余婴沈痼疾，窜身清漳滨。"后用为卧病之典。

④逸翮：疾飞的鸟。郭璞《游仙诗》："逸翮思拂霄，迅足羡远游。"

赋凌云寺二首①

闻说凌云寺里苔，风高日近绝纤埃。

横云点染芙蓉壁，似待诗人宝月来②。

【注释】

① 凌云寺：在四川乐山市东凌云山上。

② 宝月：南朝齐诗僧。

其二

闻说凌云寺里花，飞空绕磴逐江斜。

有时锁得嫦娥镜①，镂出瑶台五色霞。

【注释】

① 嫦娥镜：指月亮。

九日遇雨二首①

万里惊飙朔气深②，江城萧索昼阴阴。

谁怜不得登山去，可惜寒芳色似金。

【注释】

① 九日：九月九日，即重阳节。

② 飙：狂风。朔气：北方的寒气。

其二

茱萸秋节佳期阻①，金菊寒花满院香。

神女欲来知有意②，先令云雨暗池塘。

【注释】

① 茱萸：植物名，香气辛烈。《西京杂记》卷三载，

九月九日佩茱萸，食蓬饵，饮菊花酒，令人长寿。

② 神女：巫山神女，见前《谒巫山庙》诗注。

酬雍秀才贻巴峡图①

千叠云峰万顷湖，白波分去绕荆吴。

感君识我枕流意②，重示瞿塘峡口图③。

【注释】

①雍秀才：雍陶（805—？），字国钧，成都人。大和进士，历任侍御史、国子《毛诗》博士、简州刺史。与贾岛、殷尧藩、姚合等友善。巴峡：长江三峡，或称巴东三峡。

②枕流：双关隐居。《世说新语》载，孙子荆年少时欲隐，对王武子讲："所以枕流，欲洗其耳。"

③瞿塘峡：长江三峡之一。

上王尚书①

碧玉双幢白玉郎②，初辞天帝下扶桑③。

手持云篆题新榜④，十万人家春日长⑤。

【注释】

①王尚书：王播。《旧唐书·宪宗纪》："（元和十三年，即818年）以礼部尚书王播为成都尹、剑南西川节度使。"诗作于王播初到任时。

②双幢：旌幢。节度使辞日，赐双旌双节。见《新唐书·百官志四下》。

③扶桑：传说日出于扶桑之下。这里指代朝廷。

④云篆：一种篆体字，多用于书写道家典籍。《三洞经》："道家字曰云篆。"

⑤十万人家：指成都人户，杜甫成都诗《水槛遣心》："城中十万户。"

和刘宾客玉蕣①

琼枝的皪露珊珊②，欲折如披玉彩寒③。

闲拂朱房何所似④？缘山偏映日轮残⑤。

【注释】

① 刘宾客：刘禹锡。刘为太子宾客在开成（836—840）中，当为编者追称。玉蕣：木槿，又名朝华。《木草纲目》："此花朝开暮落，故名曰日及。曰槿曰蕣，犹仅荣一瞬之义也。"

② 的皪（lì）：明亮鲜明貌。司马相如《上林赋》："明月珠子，的皪江靡。"

③ 玉：《全唐诗》注"一作霞"。

④ 朱房：红色花心。

⑤ 日：原作"月"，据《全唐诗》注语改。

江边

西风忽报雁双双①，人世心形两自降②。

不为鱼肠有真诀③，谁能夜夜立清江④。

【注释】

① 雁：《全唐诗》注"一作燕"。

② 心形：精神与形体。两自降：两方面都衰落。

③ 鱼肠：书信。王僧孺《咏捣衣》："尺素在鱼肠，寸心凭雁足。"真诀：真心话。

④ 夜夜：原作"梦梦"，据《全唐诗》注语改。

送卢员外①

玉垒山前风雪夜②，锦官城外别离魂③。

信陵公子如相问④，长向夷门感旧恩⑤。

【注释】

①卢员外：或以为卢士玫，然士玫自西川入朝为起居郎，非员外。

②玉垒山：在四川都江堰市西北。

③锦官城：故址在成都市南，习惯用作成都的代称。外：《全唐诗》注"一作北"。

④信陵公子：战国魏公子信陵君。

⑤夷门：战国时魏都大梁（今河南开封）东门，侯嬴守关处。信陵君礼贤下士，"夷门抱关者"侯嬴感其知遇之恩，而向风刎颈。

【辑评】

明钟惺《名媛诗归》一三："只似一首吊古咏怀诗，却作送赠，高而朴，古而静，可谓大手笔。"

题竹郎庙①

竹郎庙前多古木，夕阳沉沉山更绿。

何处江村有笛声，声声尽是迎郎曲②。

【注释】

① 竹郎庙：祭祀竹王三郎神的祠宇。竹郎相传为西
南夷的先祖。见《后汉书·西南夷传》。

② 郎：《全唐诗》注"一作仙"。

赠苏十三中丞①

洛阳陌上埋轮气②，欲逐秋空击隼飞③。

今日芝泥检征诏④，别须台外振霜威⑤。

【注释】

① 中丞：御史中丞，官名，职司监察弹劾。十三：
《全唐诗》注"一作三十"。

② 埋轮：东汉顺帝时，大将军梁冀专权。顺帝派张
纲等八人巡视各地，纠察吏治。他人均受命前往，张纲却

埋其车轮于洛阳都亭，说"豺狼当路，安问狐狸"，遂上表弹劾梁冀，京都为之震动。事见《后汉书·张纲传》。

③隼：猛禽，搏击凡鸟。借喻御史。

④芝泥：亦称泥封。征诏：朝廷征用的诏书。

⑤台：指御史台。霜威：严霜肃杀之威。御史台又称霜台，故云。

和郭员外题万里桥①

万里桥头独越吟②，知凭文字写愁心。

细侯风韵兼前事③，不止为舟也作霖④。

【注释】

①万里桥：位于成都南。三国时，诸葛亮送费祎使吴，至此桥，祎叹曰："万里之路，始于此桥。"因得名。事见《元和郡县图志》。

②越吟：庄舄在楚做官而不忘故乡，病中吟仍作越地方音。事见《史记·张仪列传》。

③细侯：西汉郭伋字细侯。任并州牧时，数百孩童骑竹马迎拜。事见《后汉书·郭伋传》。

④ 为舟作霖：谓为相。《书·说命》载殷高宗命傅说为相，谓之曰："若济巨川，用汝作舟楫；若岁大旱，用汝作霖雨。"

送郑眉州①

雨暗眉山江水流，离人掩袂立高楼。

双旌千骑骈东陌，独有罗敷望上头②。

【注释】

① 郑眉州：郑姓的眉州知州。这首诗是代言体，即站在女主人公角度写的。眉州：今四川眉山。眉，《全唐诗》注"一作资"。资州，今四川资阳以南、内江以北一带。

② 罗敷：乐府《陌上桑》中的人物，夸夫婿云："东方千余骑，夫婿居上头。"这里用来指郑眉州的家属。

江亭饯别①

绿沼红泥物象幽，范汪兼倅李并州②。

离亭急管四更后，不见车公心独愁③。

【注释】

① 诗题：《全唐诗》注"一作宴饯，一作江亭宴"。

② 范汪：东晋人，字玄平。为庾亮参军，后为徐、兖二州刺史。《晋书》有传。倅：副职。并州：州治在今山西太原。李并州：未详。

③ 车公：车胤，东晋人。每有集会，皆云"无车公不乐"。事见《晋书》本传。"车公"原作"公车"，据《全唐诗》注改。

海棠溪①

春教风景驻仙霞，水面鱼身总带花。

人世不思灵卉异，竞将红缬染轻沙。

【注释】

①海棠溪：在重庆市南。《蜀中广记》引《三巴记》：

"（清水）穴之右为海棠溪。溪植花木，当夏涨时，拿舟

深入，可数里而得幽胜矣。"

【辑评】

明钟惺《名媛诗归》一三："鲜明的烁，以用意得

之，而气仍奥衍，绝不欲为繁饰也。"

采莲舟

风前一叶压荷蕖①，解报新秋又得鱼。

兔走乌驰人语静②，满溪红袂棹歌初。

【注释】

① 荷蕖：荷花。

② 兔走乌驰：犹兔走乌飞，谓日月流逝。

菱荇沼①

水荇斜牵绿藻浮，柳丝和叶卧清流。

何时得向溪头赏？旋摘菱花旋泛舟。

【注释】

① 荇：一种多年生水草。

金灯花

阑边不见蘘蘘叶①，砌下惟翻艳艳丛。

细视欲将何物比？晓霞初叠赤城宫②。

【注释】

① 蘘（ráng）：蘘荷，亦称阳藿，多年生草本。

② 赤城：山名，在浙江天台山北。其山土赤，状似云霞。孙绰《游天台山赋》："赤城霞起而建标。"

春郊游眺寄孙处士二首①

低头久立向蔷薇②，爱似零陵香惹衣③。

何事碧溪孙处士④，伯劳东去燕西飞⑤。

【注释】

① 处士：隐士。

② 向：《全唐诗》注"一作白"。

③零陵：郡名，今属湖南。《水经注·湘水》载，零陵郡泉陵县"有香茅，气甚芬香"。

④溪：《全唐诗》注"一作鸡"。

⑤伯劳：鸟名。乐府《东飞伯劳歌》："东飞伯劳西飞燕，黄姑织女时相见。"伯：原作"百"。

其二

今朝纵目玩芳菲①，夹缬笼裙绣地衣②。

满袖满头兼手把，教人识是看花归③。

【注释】

①玩：《全唐诗》注"一作悦"。

②夹缬：花布。《唐语林》："因使工镂板为杂花象之，而为夹缬。"地衣：地毯。

③教人识：让人家知道，即生怕别人不知道。

酬杨供奉法师见招①

远水长流洁复清，雪窗高卧与云平②。

不嫌袁室无烟火③，惟笑商山有姓名④。

【注释】

① 供奉：官名，在皇帝左右任职，以供随时听用者。杨法师：未详。作诗时其人当居成都西郊，窗对西岭雪山。

② 雪窗：杜甫《绝句》云"窗含西岭千秋雪"。

③ 袁室：《后汉书·袁安传》载，袁安未达时，洛阳大雪，人多出乞食，安独僵卧不起。洛阳令见而贤之，举为孝廉。

④ 商山：古山名，在今陕西商洛东南。秦末、汉初"商山四皓"（东园公、甪里先生、绮里季、夏黄公）隐居于此。

试新服裁制初成三首

紫阳宫里赐红绡①，仙雾朦胧隔海遥。

霜兔毳寒冰茧净②，嫦娥笑指织星桥③。

【注释】

①紫阳宫：一般指道观，这里指神仙居所。

②毳：鸟兽的细毛。冰茧：《拾遗记》载，员峤山"有冰蚕，长七寸，黑色，有角，有鳞，以霜雪覆之，然后作茧"。

③织星桥：鹊桥。

其二

九气分为九色霞，五灵仙驭五云车①。

春风因过东君舍②，偷样人间染百花。

【注释】

①五灵：《春秋左传》杜预序："麟凤五灵，王者之嘉瑞也。"孔颖达疏："麟、凤与龟、龙、白虎五者，神灵之鸟兽，王者之嘉瑞也。"五云车：仙人所乘之车。

②东君：太阳神，或司春之神。

其三

长裾本是上清仪①，曾逐群仙把玉芝②。

每到宫中歌舞会，折腰齐唱步虚词③。

【注释】

①上清：天上神仙所居。见《云笈七签》卷三："其三清境者，玉清、上清、太清是也。"裾：《全唐诗》注"一作裙"。

②玉芝：芝草的一种，又称白芝。

③步虚词：《乐府解题》："步虚词，道家曲也。备言众仙缥缈轻举之美。"

寄张元夫①

前溪独立后溪行，鹭识朱衣自不惊。

借问人间愁寂意，伯牙弦绝已无声②。

【注释】

①张元夫：张式之子，张正甫侄，登进士第。时以校书郎佐西川李夷简。

② 伯牙：俞伯牙，春秋楚人，善鼓琴。知音钟子期死，伯牙不复鼓琴。见《吕氏春秋·本味》。

酬辛员外折花见遗①

青鸟东飞正落梅②，衔花满口下瑶台。
一枝为授殷勤意，把向风前旋旋开③。

【注释】

① 辛员外：辛丘度，长庆（821—824）中为工部员外郎。见《白居易集》卷四八制文。其至蜀事未详。

② 青鸟：世称西王母的信使为青鸟。见《汉武内传》。

③ 旋旋：渐渐。

赠远二首①

芙蓉新落蜀山秋，锦字开缄到是愁②。

闺阁不知戎马事，月高还上望夫楼。

【注释】

① 赠远：闺怨诗题，诗中女主人公不必为作者自己。

② 锦字：十六国时前秦窦滔妻苏蕙，织锦为回文旋图诗，以赠其夫。事见《晋书·窦滔妻苏氏传》。李白《久别离》："况有锦字书，开缄使人嗟。"

其二

扰弱新蒲叶又齐①，春深花落塞前溪。

知君未转秦关骑，月照千门掩袖啼。

【注释】

① 扰弱：柔弱。叶：《全唐诗》注"一作绿"。

秋泉

冷色初澄一带烟，幽声遥泻十丝弦。

长来枕上牵情思^①，不使愁人半夜眠。

【注释】

① 情：《全唐诗》注"一作愁"。

柳絮

二月杨花轻复微，春风摇荡惹人衣。

他家本是无情物，一向南飞又北飞^①。

【注释】

① 一向：一霎。向：原作"任"，据《全唐诗》注语改。

续嘉陵驿诗献武相国①

蜀门西更上青天②，强为公歌蜀国弦③。

卓氏长卿称士女④，锦江玉垒献山川⑤。

【注释】

① 嘉陵驿：在今四川南充市。嘉陵江绕郡南流，设驿于此。武相国：武元衡。武元衡《题嘉陵驿》诗三四句云："路半嘉陵头已白，蜀门西更上青天。"薛涛此诗应于元和二年（807）末或三年（808）初作。

② 蜀门：入蜀之门，一般指剑门。

③ 蜀国弦：乐府相和歌辞名。南朝梁简文帝萧纲为太子时，曾作《蜀国弦》，起言铜梁之险，后叙锦城之乐。

④ 卓氏长卿：卓文君与司马相如。代指蜀地人物。

⑤ 江：《全唐诗》注"一作城"。玉垒：山名，已见前注。杜甫《登楼》："锦江春色来天地，玉垒浮云变古今。"

段相国游武担寺病不能从题寄①

消瘦翻堪见令公，落花无那恨东风②。

侬心犹道青春在③，羞看飞蓬石镜中④。

【注释】

①段相国：段文昌（773—835），字墨卿，一字景初。韦皋表为校书郎，累擢翰林学士。穆宗即位，拜中书舍人，寻拜中书侍郎、平章事。不久，出为剑南西川节度使。文宗立，拜御史大夫，节度淮南，徙荆南。后复节度西川。卒，赠太尉。事见《旧唐书》《新唐书》本传。武担：山名，在成都西北。诗作于长庆元年（821）。

②无那：无奈。

③侬：我。

④飞蓬：形容头发散乱。《诗·卫风·伯兮》："首如飞蓬。"石镜：武担寺有石镜，是蜀王为武都女子送葬之物。

【辑评】

明钟惺《名媛诗归》一三："自忖自量，自羞自畏，无限揣摩蓄缩之状。"

赠段校书①

公子翩翩说校书②，玉弓金勒紫绹裾。

玄成莫便骄名誉③，文采风流定不如。

【注释】

① 段校书：指段文昌，一说为段文昌之子段成式。段成式（？—863），字柯古，以荫为秘书省校书郎，会昌中官至尚书郎。《诙闻录》："段文昌镇成都，子成式好猎，丞相患之。成式以所获雉兔分送幕僚，各致书，援引故事甚悉。幕僚多不晓其义，以呈丞相，方知其子博学。"

② 公子：指段校书。

③ 玄成：《汉书·韦贤传》载，韦贤少子玄成好学，善接人待客，名誉日广。

十离诗①

犬离主

驯扰朱门四五年，毛香足净主人怜。

无端咬著亲情客②，不得红丝毯上眠③。

【注释】

①十离诗：《全唐诗》题注："元微之使蜀，严司空遣涛往事。因事获怒，远之。涛作《十离诗》以献，遂复善焉。"按：《唐摭言》卷十二、《唐诗纪事》卷四九以为元稹幕客薛书记所作，《鉴诫录》卷一〇以为薛涛呈韦皋之作，《又玄集》载《犬离主》一首为薛陶诗。似以《鉴诫录》所说较合理。

②无端：《全唐诗》注"一作只因"。亲情客：《全唐诗》注"一作情亲脚"。

③《全唐诗》注云："涛因醉争令，掷注子，误伤相公犹子，去幕，故云。"

笔离手

越管宣毫始称情①，红笺纸上撒花琼②。

都缘用久锋头尽，不得羲之手里擎③。

【注释】

① 越管：越竹做的笔管。宣毫：宣城所产的笔毛。

② 撒：《全唐诗》注"一作散"。

③ 羲之：王羲之。

马离厩

雪耳红毛浅碧蹄，追风曾到日东西。

为惊玉貌郎君坠，不得华轩更一嘶。

鹦鹉离笼

陇西独自一孤身①，飞去飞来上锦茵。

都缘出语无方便，不得笼中再唤人。

【注释】

① 陇西：据张华《禽经注》，鹦鹉产于陇西。

燕离巢

出入朱门未忍抛，主人常爱语交交①。

衔泥秽污珊瑚枕②，不得梁间更垒巢。

【注释】

① 交交：鸟鸣声。《诗·秦风·黄鸟》："交交黄鸟，止于棘。"

② 秽污：《全唐诗》注"一作污却"。枕：《全唐诗》注"一作簟"。

珠离掌

皎洁圆明内外通，清光似照水晶宫。

只缘一点玷相秽^①，不得终宵在掌中^②。

【注释】

① 只：《全唐诗》注"一作都"。玷：珠玉上的斑点。《全唐诗》注"一作瑕"。

② 宵：《全唐诗》注"一作朝"。

鱼离池

跳跃深池四五秋^①，常摇朱尾弄纶钩^②。

无端摆断芙蓉朵，不得清波更一游。

【注释】

① 跳跃深：《全唐诗》注"一作戏跃莲"。

② 纶：钓丝。《全唐诗》注"一作银"。

鹰离鞲^①

爪利如锋眼似铃，平原捉兔称高情。

无端窜向青云外，不得君王臂上擎^②。

【注释】

① 鞲：驾鹰的臂套。

② 臂上：《全唐诗》注"一作手里"。

竹离亭

蓊郁新栽四五行^①，常将劲节负秋霜。

为缘春笋钻墙破，不得垂阴覆玉堂。

【注释】

① 蓊郁：草木茂盛貌。

镜离台

铸泻黄金镜始开，初生三五月徘徊。

为遭无限尘蒙蔽，不得华堂上玉台[①]。

【注释】

①玉台：玉镜台。王昌龄《朝来曲》："盘龙玉台镜，唯待画眉人。"

【辑评】

明钟惺《名媛诗归》一三："《十离诗》有引躬自责者，有归咎他人者，有拟议情好者，有直陈过端者，有微寄讽刺者，皆情到至处，一往而就。非才人、女人不能，盖女人善想、才人善达故也，此《长门赋》所以授情于洛阳年少也。"

酬杜舍人①

双鱼底事到侬家②，扑手新诗片片霞。

唱到白蘋洲畔曲③，芙蓉空老蜀江花。

【注释】

①舍人：中书舍人。杜舍人：或以为杜牧。但牧及第后四年涛卒，其为舍人已是涛卒后二十年事，故或是编者追称。

②双鱼：指代书信。乐府《饮马长城窟行》："客从远方来，遗我双鲤鱼。呼儿烹鲤鱼，中有尺素书。"

③白蘋洲：湖州有白蘋洲。杜牧有《题白蘋洲》诗，然其任湖州刺史在宣宗大中（847—859）前期。

筹边楼①

平临云鸟八窗秋，壮压西川四十州。

诸将莫贪羌族马②，最高层处见边头。

【注释】

① 筹边楼：李德裕为剑南西川节度使时所建，位于成都府治之西。此诗大和五年（831）秋作。

② 羌：此指党项羌，松州以西皆其部落。

【辑评】

清代纪昀《四库全书总目》一八六"薛涛李冶诗集二卷"条："涛《送友人》及《题竹郎庙》诗，为向来传诵。然如《筹边楼》诗……其托意深远，有'鲁嫠不恤纬，漆室女坐啸'之思，非寻常裙屐所及，宜其名重一时。"

赠韦校书①

芸香误比荆山玉②，那似登科甲乙年③。

澹地鲜风将绮思④，飘花散蕊媚青天。

【注释】

①韦校书：太子校书郎韦正贯。正贯为韦皋弟韦平之子，少孤，推荫为单父尉，弃官去。举贤良方正异等，除太子校书郎。见《新唐书·韦皋传》。

②芸香：植物名，可以除书中蠹虫，故称秘书省为芸阁，此指校书。荆山玉：即春秋时楚人卞和所得之玉。郤诜举贤良对策，自云犹"桂林之一枝，荆山之片玉"。见《晋书》本传。

③甲乙：科举甲科、乙科之并称，泛指科第。

④澹地：淡荡。

江月楼①

秋风彷佛吴江冷，鸥鹭参差夕阳影。

垂虹纳纳卧谯门②，雉堞眈眈俯渔艇③。

阳安小儿拍手笑④，使君幻出江南景。

【注释】

①江月楼：在今四川简阳。《全唐诗》题注："以下见《唐音统签》。"

②纳纳：广大包容貌。谯门：城门上的望楼。

③雉堞：城上排列如齿状的矮墙。眈眈：注视貌。

④阳安：简阳西北。

西岩①

凭阑却忆骑鲸客②，把酒临风手自招。

细雨声中停去马，夕阳影里乱鸣蜩③。

【注释】

①西岩：相传李白读书于此。《全蜀艺文志》谓为万县（今重庆万州区）之西岩，《蜀中诗话》谓为简州（今四川简阳）西岩。

②骑鲸客：指李白，传说李白有骑鲸事。

③蜩（tiáo）：蝉。《诗经·豳风·七月》："五月鸣蜩。"

罚赴边上武相公二首^①

萤在荒芜月在天，萤飞岂到月轮边。

重光万里应相照^②，目断云霄信不传。

【注释】

①武相公：武元衡。张蓬舟《薛涛诗笺》谓为韦相公之误，指韦皋。《全唐诗》题注："见《吟窗杂录》。"

②重光：指日月。《文选》左思《吴都赋》："常重光。"李善注："谓日月画于旗上也。"

其二

按辔岭头寒复寒，微风细雨彻心肝。

但得放儿归舍去，山水屏风永不看。

寄旧诗与元微之[①]

诗篇调态人皆有，细腻风光我独知。

月下咏花怜暗澹[②]，雨朝题柳为歛垂。

长教碧玉藏深处[③]，总向红笺写自随。

老大不能收拾得，与君开似教男儿[④]。

【注释】

① 本篇一作元稹诗，题为《寄旧诗与薛涛因成长句》。据诗意，当为薛涛作。《唐诗纪事》亦作涛诗。

② 下：元稹诗作"夜"。

③ 碧玉：指侍婢。

④ 开似教男儿：元稹诗作"闲似好男儿"。

朱槿花①

红开露脸误文君②，司芳芙蓉草绿云。

造化大都排比巧③，衣裳色泽总薰薰。

【注释】

① 见《分门纂类唐歌诗·草木虫鱼类》卷五。

② 文君：卓文君。

③ 排比：安排。

浣花亭陪川主王播相公暨僚同赋早菊①

西陆行终令②，东篱始再阳。

绿英初濯露，金蕊半含霜。

自有兼材用，那同众草芳。

献酬樽俎外，宁有惧豺狼。

【注释】

① 见《分门纂类唐歌诗·草木虫鱼类》卷五。

② 西陆：谓秋。《续汉书》："日行西陆谓之秋。"

句

枝迎南北鸟，叶送往来风①。

【注释】

①《全唐诗》注云："涛八九岁，知声律。一日，其父郧指井梧曰：'庭除一古桐，耸干入云中。'涛应声云云。父愀然久之。后果入乐籍。别本载田洙遇薛涛，有《落花联句》《夜月联句》《四时回文折齿曲》，皆后人附会，兹概不录。"按：别本当指《剪灯新话》，其中录有《落花联句》诸诗。

【谈丛】

宋王谠《唐语林》卷六："西蜀官妓曰薛涛者，辩慧知诗。尝有黎州刺史（原注：失姓名）作《千字文》令，带禽鱼鸟兽，乃曰：'有虞陶唐。'坐客忍笑不罚。至薛涛云：'佐时阿衡。'其人谓语中无鱼鸟，请罚。薛笑曰：'衡字尚有小鱼字。使君"有虞陶唐"，无一鱼字。'宾客大笑。"

宋章渊《槁简赘笔》："蜀妓薛涛字洪度，本长安良家子。父郑，因官寓蜀。涛八九岁知声律，其父一日坐庭中，指井梧示之曰：'庭除一古桐，耸干入云中。'令涛续之，应声曰：'枝迎南北鸟，叶送往来风。'父愀然久之。父卒，母孀居。韦皋镇蜀，召令侍酒赋诗，因入乐籍。涛暮年屏居浣花溪，著女冠服。有诗五百首。"

宋佚名《宣和书谱》一〇："妇人薛涛，成都倡妇也，以诗名当时。虽失身卑下，而有林下风致。故词翰一出，则人争传以为玩。作字无女子气，笔力峻激，其行书妙处，颇得王羲之法，少加以学，亦卫夫人之流也。每喜写己所作诗，语亦工，思致俊逸，法书警句，因而得名。"

元辛文房《唐才子传·薛涛》："涛，字洪度，成都乐妓也。性辨慧，调翰墨。居浣花里，种菖蒲满门，傍即东北走长安道也。往来车马留连。元和中，元微之使蜀，密意求访，府公严司空知之，遣涛往侍。微之登翰林，以诗寄之曰：'锦江滑腻峨嵋秀，幻出文君与薛涛。言语巧偷鹦鹉舌，文章分得凤凰毛。纷纷词客皆停笔，个个公侯欲梦刀。别后相思隔烟水，菖蒲花发五云高。'及武元衡入相，奏授校书郎。蜀人呼妓为'校书'，自涛始也。后胡曾（一作王建）赠诗曰：'万里桥边女校书，枇杷树下闭门居。扫眉才子知多少，管领春风总不如。'涛工为小诗，惜成都笺幅大，遂皆制狭之，人以为便，名曰'薛涛笺'。且机警闲捷，座间谈笑风生。高骈镇蜀门日，命之佐酒，改一字惬音令，且得形象，曰：'口似没梁斗。'答曰：'川似三条椽。'公曰：'奈一条曲何？'曰：'相公为西川节度，尚用一破斗，况穷酒佐杂一曲椽，何足怪哉！'其敏捷类此特多，座客赏叹。其所作诗，稍欺良匠，词意不苟，情尽笔墨，翰苑崇高，辄能攀附。殊不意裙裾之下，出此异物，岂得匿其人而弃其学哉！大和中，卒。有《锦江集》五卷，今传，中多名公赠答云。"

明钟惺《名媛诗归》一三："（薛涛）晚岁居碧鸡坊，创吟诗楼，偃息其上。后段文昌再镇成都，涛卒，年七十五，文昌为撰墓志。"

明杨慎《升庵诗话》："'闻说边城苦，如今到始知。好将筵上曲，唱与陇头儿。'此薛涛在高骈宴上乐府也，有讽谕而不露，得诗人之妙。"（按：诗见于《又玄集》下，题为《罚赴边有怀上韦相公》，文略同。）

明胡震亨《唐音癸签》八："薛工绝句，无雌声，自寿者相。"

图书在版编目（CIP）数据

薛涛 / 周啸天著 . — 成都 : 成都时代出版社,
2024.5

ISBN 978-7-5464-3444-5

Ⅰ . ①薛… Ⅱ . ①周… Ⅲ . ①长篇历史小说–中国–
当代 Ⅳ . ① I247.5

中国国家版本馆 CIP 数据核字 (2024) 第 088636 号

薛涛
XUE TAO

周啸天 ／ 著

出 品 人	达 海
责任编辑	傅有美
责任校对	王路瑶
责任印制	黄 鑫 曾译乐
封面设计	郁佳欣
封面插图	彭先诚
内文插图	周啸天
装帧设计	成都九天众和

出版发行　成都时代出版社
电　　话　（028）86742352（编辑部）
　　　　　（028）86615250（发行部）
印　　刷　成都博瑞印务有限公司
规　　格　130mm×184mm
印　　张　11.75
字　　数　195 千
版　　次　2024 年 5 月第 1 版
印　　次　2024 年 5 月第 1 次印刷
书　　号　ISBN 978-7-5464-3444-5
定　　价　68.00 元